Wem Schande gebührt

*Für Claus, Stella & Valentin – mein Glück
und die Liebe meines Lebens*

Natascha Monath

Wem Schande gebührt

Roman

Bibliografische Information der Deutschen Nationalbibliothek:
Die Deutsche Nationalbibliothek verzeichnet diese Publikation in der
Deutschen Nationalbibliografie; detaillierte bibliografische Daten
sind im Internet über
http://dnb.d-nb.de abrufbar.

© 2008 Natascha Monath
Satz, Umschlagdesign, Herstellung und Verlag:
Books on Demand GmbH, Norderstedt
ISBN: 978-3-8334-7723-2

Prolog

Es war schon spät, als sie sich an diesem Dienstagabend auf den Heimweg machte. Der nette Abend, den sie nach langem Arbeitstag mit den Kolleginnen hatte ausklingen lassen, und die bereits milden Temperaturen versetzten sie in eine ausgelassene Stimmung, und wieder einmal dachte sie, was für ein Glückspilz sie doch war. Verträumt betrachtete sie die schönen Häuser in der Bad Tölzer Fußgängerzone und freute sich darüber, dass die Isar jetzt im Mai wieder in den schönsten Türkis- und Grüntönen schillerte. Sie hatte auf dem großen Parkplatz am Isarkai geparkt und war froh, dass jetzt keine lange Fahrt mehr vor ihr lag. Angenehm müde freute sie sich auf ihr Bett und vor allem auf ihren Mann, an den geschmiegt sie mit Sicherheit sofort einschlafen würde.

Die Stadt schien schon relativ leer zu sein, sodass sie rasch die Bundesstraße erreicht hatte. In fünf Minuten würde sie zu Hause sein und die Füße hochlegen können – zurzeit strengte sie ihr Beruf als Friseurin sehr an, insbesondere das alltägliche Stehen machte ihr wegen ihrer Kreislaufbeschwerden zu schaffen.

Kurz bevor die Abfahrt nach Rekling kam, wich ihre gute Stimmung einer fahrigen Unruhe. Reiß dich gefälligst zusammen, befahl sie sich. Wovor sollte sie schließlich Angst haben? In ein paar Minuten würde sie zu Hause bei Ben sein, und alles wäre in Ordnung. Aber dann krachte es.

Noch bevor sie sich darüber klar werden konnte, ob ein Reifen geplatzt war oder jemand sie gerammt hatte, wusste sie, dass sie um jeden Preis versuchen musste, das Auto zum Stillstand zu bringen. Sie bekam nicht mit, wie oft sich der Wagen um seine eigene Achse drehte, und hoffte nur inständig, es möge ihr niemand entgegenkommen. Als das Auto endlich zum Stehen kam, spürte sie zwar den schmerzhaften Aufprall ihres Kopfes auf dem Lenkrad, war aber bei all ihrer Benommenheit dankbar, noch am Leben zu sein. Doch kaum, dass sie sich ein wenig von dem Schock erholt hatte, stand er plötzlich neben ihrem Wagen, der mitten in ein Feld gerollt war, und öffnete die Tür. Ihre Angst stieg ins Unermessliche. Die Momente des Unfalls erschienen ihr mit einem Mal weitaus weniger schlimm als das, was ihr jetzt blühte. Als er sie vom Fahrersitz ins Gras zerrte und mit der Pistole auf sie zielte, war es nicht die Gewissheit, gleich sterben zu müssen, die sie so erschütterte, sondern mit welchem Hass und welcher Wut er sie anblickte, als er ihr zuvor noch in den Bauch trat.

Kapitel eins

Dass sich unsere Wohnung im idyllischen Badeteil der Stadt Bad Tölz und damit ganz in der Nähe der Familienberatung wie auch des Polizeipräsidiums befand, erwies sich sehr schnell eher als Strafe denn als Segen, wie zunächst beabsichtigt.

Als Familientherapeutin betreue ich Ehepaare und Familien, die sich in einer psychologischen Sackgasse befinden und kein Land mehr sehen. Daher versuche ich in den Therapiestunden, diesen Menschen neue Wege aufzuzeigen, und nicht selten finden sie wieder zueinander, auch wenn der Weg zum Neuanfang beschwerlich ist. Hierbei handelt es sich um die schöne Seite meines Berufs, und es befriedigt mich sehr zu sehen, dass man dazu beitragen kann, eine Familie wieder zusammenzuführen. Der schwierigere und oftmals traurige Teil meiner Tätigkeit liegt in der Zusammenarbeit mit der Polizei. Bei einem Unfall mit Verletzten oder Toten wird häufig jemand von der Familienberatung hinzugebeten, um die Angehörigen psychologisch zu betreuen. Dieser Jemand bin meistens ich, weil ich als Einzige in unserem Team direkt in der Stadt wohne und somit auch außerhalb der gewöhnlichen Arbeitszeit am schnellsten greifbar bin. Und dass diese Präsenz sich durchaus nachteilig auswirken kann, habe ich recht schnell erfahren müssen. Denn wer mag es schon, mitten in der Nacht angerufen zu werden, ohne dass man Bereitschaftsdienst gehabt hätte. Bei Not am Mann, was schon öfter passiert ist, geht es halt nicht anders.

Aber es war nichts im Gegensatz zu jenem Abend, als man mich um halb zwölf von einem Glas Rotwein und einem schönen Buch wegholte. Und zum ersten Mal in meiner zugegebenermaßen noch jungen beruflichen Laufbahn bereute ich es nicht nur, in die Nähe meiner Dienststelle gezogen, sondern überhaupt Familientherapeutin geworden zu sein. Denn das, was nun auf mich zukam, stürzte mich selbst in eine Krise.

Die Ereignisse hatten sich überschlagen, indem zuerst ein Mann namens Ben Jansen bei der Polizei angerufen hatte, weil seine Frau Conny von einem Treffen mit Kolleginnen nicht nach Hause gekommen war. Nachdem er sich bei ihnen bereits nach dem Verbleiben seiner Frau erkundigt hatte und auf Verwunderung gestoßen war, weil man sich schon vor über einer Stunde getrennt hatte, war er unruhig geworden. Er befürchtete, Conny könne einen Unfall gehabt haben. Als Gregor, einer der Polizisten, mit dem ich öfter zusammenarbeitete, ihm mitteilte, dass sich an diesem Abend keine Unfälle ereignet hätten, wurde er noch nervöser. Gregor versuchte, ihn zu beruhigen, und versprach ihm, sich bei ihm zu melden, sobald wir etwas in Erfahrung gebracht hätten. Der Hörer lag noch nicht richtig auf der Gabel, da klingelte es schon wieder. Und in dem Moment wusste Gregor, so erzählte er mir später, dass Conny Jansen etwas passiert sein musste. Manchmal erkennt man so etwas schon am Klingeln.

Keine zehn Minuten später holte er mich zu Hause ab.

»Aber bei dem Anrufer hat es sich nicht um Ben Jansen von der Gärtnerei gehandelt?«, fragte ich.

In Rekling gab es nämlich eine Gärtnerei, die einer Familie Jansen gehörte. Als mein Mann Niklas und ich noch in Rekling gewohnt hatten, waren wir immer dorthin gefahren, um uns Blumen zu besorgen. Und auch jetzt ging ich immer dorthin, wenn ich Blumen für Freunde oder Pflanzen für unsere Dachterrasse brauchte – er züchtete einfach die schönsten. Ich kannte und mochte Ben, wir nannten uns sogar beim Vornamen. Daher hoffte ich inständig, dass nicht er der Anrufer gewesen war. Aber zu viel sprach dafür: Ich wusste, dass seine Frau Conny hieß, da ich hin und wieder mitbekommen hatte, wie andere Kunden ihr Grüße ausrichten ließen. Mehr wusste ich nicht über ihn. Er schien ein sehr zurückhaltender, freundlicher Mensch zu sein. Gregor riss mich aus meinen Gedanken, um mir meine Vermutung zu bestätigen.

»Doch, genau der hat angerufen. Er war völlig außer sich. Wollen wir hoffen, dass es eine harmlose Erklärung gibt und seine Frau bald wieder auftaucht.«

Die Frau mit dem aschblonden Haar, die man in einem Feld neben der Bundesstraße zwischen Bad Tölz und Rekling gefunden hatte, war geschmackvoll gekleidet und mit einem Schuss in die Stirn getötet worden. Gregor war genauso sprachlos wie ich, was so gut wie nie vorkam. Ich kämpfte mit aller Kraft gegen die Tränen, die ich in mir aufsteigen spürte – ich war noch lange nicht so weit, in Momenten wie diesem Haltung und Professionalität zu bewahren. Auf dem Land bekommt man nicht oft die Gelegenheit, das richtige Verhalten in solchen Situationen zu üben. Auch wenn zerstrittene Ehepaare und bockige Teenager nicht unbedingt einfach zu handhaben sind, so brechen sie einem wenigstens nicht so das Herz wie Menschen, die tot vor einem liegen, weil es sich irgendjemand angemaßt hat, ihr Leben zu beenden.

Wie lange ich wie erstarrt dastand, weiß ich nicht mehr, aber inzwischen waren Gerichtsmediziner, Spurensicherung und ein Hauptkommissar aus München eingetroffen. Zunächst schien man keine Notiz von mir zu nehmen, sodass ich alles wie durch einen dicken Nebelschleier mitbekam und lediglich Wortfetzen aufschnappen konnte, die aber völlig ausreichten, um dem Gesehenen einen erschreckenden Anstrich von Realität zu verleihen, gegen den ich mich nicht zu wehren vermochte. Ich hörte etwas vom Todeszeitpunkt und der Tatwaffe, die nicht auffindbar war. Ich zog die Arme eng um mich, als könnte ich dadurch den Mord, der da geschehen war, von mir fernhalten. Ich wollte nichts darüber wissen, das passte nicht in meine heile Welt. Aber es half alles nichts. Ich war hier, um zu helfen. Als dann der Kommissar auf mich zukam und sich als Johannes Hertel, vorläufiger Leiter der Ermittlungen, vorstellte, wurde ich gänzlich aus meinem Kokon gerissen und unbarmherzig in die Wirklichkeit gestoßen.

»Ihr Kollege erzählte etwas von einem Anrufer, der seine Frau vermisst. Laut Beschreibung könnte es das Opfer sein.«

Das kann nicht sein, schrie es in mir, weil ich diese Behauptung jedoch mit nichts außer einer Art Wunschdenken untermauern konnte, schwieg ich lieber. In dem Moment kam ein Mitarbeiter der Spurensicherung auf uns zu und brachte eine kleine schwarze Mappe, die offensichtlich Personalausweis oder Führerschein enthielt. Natürlich handelte es sich um Conny Jansen. Und obwohl das Lächeln auf dem Passfoto nun ein angstverzerrtes Gesicht ersetzte, war das doch unverkennbar sie.

Dann hörte ich Gregors Stimme: »Isabella, ich denke, du solltest mit Herrn Hertel zu ihrem Ehemann gehen. Du kennst dich hier aus und kannst ihm den Weg zeigen.« Gregor stockte und schaute zu Boden. »Außerdem wird Ben Jansen jetzt jemanden brauchen, der sich um ihn kümmert. Ich warte, bis der Pathologe fertig ist, vielleicht kann er uns schon erste Informationen geben.« Er ließ mich stehen, um zurück zur Spurensicherung zu gehen.

In diesem Moment verfluchte ich ihn, weil ich gezwungen war, seiner Anweisung Folge zu leisten, und doch nichts lieber getan hätte, als mich dieser zu widersetzen. Aber schließlich musste ich meinen Job machen.

Johannes Hertel kam auf mich zu, stellte sich kurz vor und machte sofort den Vorschlag, wir sollten uns beim Vornamen nennen, schließlich würden wir in nächster Zeit enger zusammenarbeiten. Sehr zielstrebig ging er in Richtung seines Dienstwagens, einem silberfarbenen VW Passat. Bereits in diesem Moment beschloss ich irrsinnigerweise, ihn nicht zu mögen, denn wer in einem solchen Moment so geschäftsmäßig und diszipliniert seine Arbeit tun konnte und kein bisschen durcheinander wirkte, musste einfach kaltherzig sein. Meine damalige Meinung musste ich allerdings zu einem späteren Zeitpunkt von Grund auf revidieren, als mir nämlich klar wurde, wie wenig ich über die emotionale Seite der Polizeiarbeit im Falle eines Mordes wusste. Auch wenn die mit einem Fall verbundenen Emotionen das tägliche Brot einer psychologischen Betreuerin sind, so haben die ermittelnden Kollegen von der Polizei nicht weniger damit zu kämpfen als ich.

Jedenfalls machten wir uns auf den Weg nach Rekling, einem kleinen Dorf bei Bad Tölz, das eine Kirche, ein Lebensmittelgeschäft, einen Allgemeinarzt und einen Kindergarten vorweisen konnte. Wie ich die Doppelhaushälfte der Jansens im Neubaugebiet gefunden habe, ist mir noch heute ein Rätsel. Eigentlich war es unverantwortlich, mich bei diesem für mich ersten Mordfall überhaupt fahren zu lassen – wenn es die Situation erfordert hätte, wäre ich mit Sicherheit nicht in der Lage gewesen, schnell genug zu reagieren. Als wir vor dem Grundstück anhielten und Ben bereits in der Tür stehen sahen, wäre ich am liebsten umgekehrt. Noch war es nicht ausgesprochen, noch befand er sich in jener Phase, die noch Hoffnung erlaubte, und ich hasste uns dafür, dass wir ihm diese Gnade des Nichtwissens jetzt nehmen würden. Johannes ging auf Ben Jansen zu und erklärte ihm routiniert, aber irgendwie tonlos, dass er ihm eine traurige Mitteilung zu machen habe.

Ben wurde hektisch und gestikulierte wild mit den Händen, während er sprach. »Ist sie schwer verletzt? In welches Krankenhaus haben Sie sie gebracht?«

»Herr Jansen, sie ist in keinem Krankenhaus, sie …«

»Lassen Sie uns keine Zeit verlieren, fahren wir, bestimmt fragt sie sich schon, wo ich bleibe, ich …«

Johannes unterbrach ihn ziemlich laut, packte ihn bei den Armen und zwang ihn so, ruhig zu halten. »Hören Sie mir bitte zu, Ihre Frau ist nicht verletzt, sie ist tot.« Er hatte Ben Jansen die ganze Zeit über direkt in die Augen gesehen, aber jetzt senkte er den Blick, als schämte er sich für die Schärfe, die er in seinen Ton gelegt hatte.

Die nun entstandene Stille war unerträglich, die Mischung aus Ungläubigkeit und sich anbahnender Verzweiflung fast greifbar. Im Nachhinein kam es mir so vor, als hätte sich dieser Moment über Stunden hingezogen. So war ich fast dankbar, dass diese Stille von einer verschlafenen Kinderstimme unterbrochen wurde. Johannes und ich wandten unseren Blick gleichzeitig auf das kleine Mädchen, das im Nachthemd hinter seinem Vater aufgetaucht war und die fremden Besucher mit müden, aber dennoch interessierten Augen musterte.

»Wer ist die Frau, Papa?«

Ben konnte ihr nicht antworten, er war völlig erstarrt, unfähig, sich überhaupt zu bewegen. Mich hatte er bis zu diesem Moment noch gar nicht wahrgenommen, geschweige denn erkannt. Ich wusste, dass ich jetzt die Sache in die Hand nehmen musste; aber noch während ich in die Hocke ging, um besser mit dem Mädchen sprechen zu können, schoss mir durch den Kopf, dass ich dieser Situation nicht gewachsen sein könnte. Denn in diesem Moment nahm die Tragweite dieses Mordes Ausmaße an, an die niemand gedacht hatte. Es war schon unerträglich, dem Ehemann die Nachricht von Connys Tod zu überbringen. Ich hasste nicht nur Johannes Hertel, sondern auch mich dafür, diesem Mann mit der Nachricht vom Tod seiner Frau einen solchen Schmerz zufügen zu müssen. Mir zu erklären, dass nicht Johannes und ich diesen Schmerz verursacht hätten, wäre völlig zwecklos gewesen. Aber die Tatsache, dass auch noch ein kleines Mädchen seine Mutter verloren hatte, zog mir komplett den Boden unter den Füßen weg. Dennoch, da ich dachte, dass es wohl besser wäre, wenn der Vater dem Kind das fürchterliche Geschehnis erklären würde, dieser aber momentan nicht in der Lage dazu war, beschloss ich, das Mädchen erst einmal wegzubringen und abzulenken.

»Verrätst du mir deinen Namen?«, fragte ich sie, ohne zu wissen, wie ich diese Worte über die Lippen brachte und mich dabei sogar noch normal anhörte.

»Hanna.« Sie versteckte sich hinter den Beinen ihres Vaters, der sie jedoch nicht bemerkte, und schaute mich halb misstrauisch, halb neugierig an.

»Verrätst du mir auch noch, wie alt du bist?«, versuchte ich es weiter, und es siegte der Stolz über das Misstrauen, als sie mir mit einer Hand eine Vier zeigte. »Da bist du ja schon richtig groß.«

»Ja, und meine Mami zeigt mir manchmal, wie man schreibt. Und bald komme ich in die Schule. Mami bastelt eine Schultüte für mich, sie hat es versprochen.«

Meine Kehle wurde augenblicklich ganz trocken, als würde mir die Luft abgeschnürt. Wut keimte in mir auf, weil jemand diesem Kind die Mutter genommen hatte und mit ihm keine Mami mehr Schreiben üben und Schultüten basteln würde. Das war das Schlimmste. Trotzdem gelang es mir irgendwie, einen kühlen Kopf zu bewahren. Ich würde dem Kind jetzt nichts sagen.

Ben Jansen war inzwischen weiß im Gesicht geworden und ging ins Haus. Die Haustür ließ er offen. Ich nahm an, dass das nicht als Einladung für Johannes und mich gedacht war, sondern dass es ihm völlig egal war, ob wir eintraten oder nicht. Johannes und ich folgten ihm in die Küche. Er schien nichts mehr um sich herum mitzubekommen und mit sich zu kämpfen. Man sah ihm an, dass er sich standhaft dagegen sträubte, das entsetzliche Geschehnis zu realisieren. Vielleicht hoffte er, gleich aus diesem Albtraum aufzuwachen. Die Fassungslosigkeit stand ihm ins Gesicht geschrieben. Johannes nahm ihn vorsichtig am Arm und führte ihn zu einem Küchenstuhl. Ein paar Sekunden herrschte Schweigen, in denen ich mich besann und zurück zur Haustür ging. Direkt an der Haustür führte eine Treppe nach oben. Wahrscheinlich befanden sich im Obergeschoss die Schlafzimmer. Auf der ersten Stufe saß Hanna.

»Ich bin müde. Mami sagt, wenn ich zu spät ins Bett gehe, schlafe ich am nächsten Tag im Kindergarten ein.«

»Das darf natürlich auf keinen Fall passieren. Möchtest du, dass ich dich ins Bett bringe?«

»Das macht Mami. Oder Papi. Sie lesen mir immer noch eine Geschichte vor. Ich habe heute schon eine gehabt, aber ich will noch eine hören, sonst kann ich nicht einschlafen.«

Kleine Kinder haben eigene Vorstellungen und wissen diese auch gut vor Erwachsenen zu vertreten – diese Erfahrung bestätigte sich an diesem Abend wieder einmal für mich.

Ich startete trotzdem noch einen Versuch. »Ich kann auch ganz prima vorlesen. Meine Schwester hat einen Jungen, der ist so alt wie du. Und der will auch immer Geschichten hören. So lese ich ihm immer, wenn ich meine Schwester besuche, seine Gutenachtgeschichte vor. Deshalb kann ich das auch so gut.«

Hanna warf mir einen argwöhnischen Blick zu. Sie schien mir nicht zu glauben. »Du kannst es nicht so gut wie Mami und Papi. Papi soll lesen.«

Ich wusste nicht weiter. Wie erklärte man auch einem vierjährigen Kind, dass die Eltern jetzt keine Geschichte vorlesen konnten, weil die Mutter tot war und der Vater gerade befragt wurde?

»Weißt du, Hanna«, startete ich noch einen weiteren Versuch, »deinem Papa geht es gerade nicht so gut. Er ist in der Küche, und Johannes kocht ihm einen Tee, damit es ihm bald wieder besser geht. Und wenn du jetzt brav ins Bett gehst, kannst du deinem Papa helfen. Komm, ich gehe mit dir, und du suchst dir eine Geschichte aus.«

Jetzt nahm ihr Gesicht einen trotzigen Ausdruck an. Sie

verschränkte die Arme vor ihrer Brust und schob die Unterlippe vor. »Aber ich weiß doch nicht, wer du bist. Meine Mami sagt immer, dass ich nie mit anderen Leuten mitgehen darf, wenn sie es nicht vorher erlaubt.«

Ich staunte über die Entschlossenheit des Kindes und schalt mich selbst, weil ich es versäumt hatte, dem Mädchen zu erklären, wie ich hieß und wer ich war. Aber auch das war nicht besonders leicht.

»Ich heiße Isabella und helfe der Polizei. Johannes ist ebenfalls von der Polizei. Wir arbeiten zusammen.«

»Meine Puppe heißt auch Isabella. Aber sie hat längere Haare als du. Und ihre Haare sind braun.«

Ich atmete auf. Zumindest für den Moment interessierte sie sich nicht dafür, warum die Polizei da war.

»Willst du sie mir nicht zeigen? Wenn sie denselben Namen hat wie ich, dann will ich sie natürlich kennenlernen!«

Das schien zu klappen. Als Hanna nun aufstand, dachte ich, dass ich selten ein so süßes und zugleich ernsthaftes Kind gesehen hatte. Ihre blonden Locken standen ab, man sah, dass sie schon im Bett gewesen war.

»Gut, ich zeig dir meine Puppe. Aber vorher frage ich Papi, ob ich darf.«

Ich sah ein, dass ich die Kleine nicht ewig von ihrem Vater fernhalten konnte und dass ich das vorsichtige und misstrauische Verhalten des Kindes keinesfalls untergraben durfte. Es war richtig und lobenswert, wenn sich ein Mädchen bereits in diesem Alter streng an die Anweisungen der Eltern hielt und damit Gefahren vermeiden lernte. Ich nickte Hanna zu und ging voraus, da ich sehen wollte, in welchem Zustand sich Ben Jansen befand. Außerdem musste ich Johannes vorwarnen, bevor Hanna in die Küche kam.

Erschüttert blieb ich stehen. Ben schien innerhalb der letzten zwanzig Minuten um Jahre gealtert zu sein. Er saß mit gebeugtem Rücken auf einem der vier Küchenstühle, den Kopf in beide Hände gestützt. Als er aufblickte, waren seine Augen leer und gerötet. Die ganze Zeit über schien er mich überhaupt nicht wahrgenommen zu haben, und auch jetzt, als er mich direkt ansah, erkannte er mich vermutlich nicht.

»Ben, deine Tochter möchte zu dir. Ich habe ihr nichts gesagt, würde sie aber gern ins Bett bringen, wenn du erlaubst.«

Er richtete sich auf und winkte Hanna zu sich.

»Darf ich Isabella meine Puppe zeigen? Sie haben den gleichen Namen! Darf ich?«

Ben schluckte schwer. »Natürlich darfst du. Aber dann schläfst du, ja? Ich sehe später noch einmal nach dir.«

Hanna spürte wohl, dass etwas nicht in Ordnung war, denn sie warf zuerst ihrem Vater, dann Johannes einen misstrauischen Blick zu. Aber der Stolz auf ihre Puppe siegte, und sie hüpfte, mittlerweile hellwach, auf die Küchentür zu.

In diesem Augenblick zögerte Hanna dann doch und fragte ihren Vater: »Papi, wann kommt Mami wieder?«

Ben schien nicht überrascht, aber außerstande, dem Kind zu antworten.

Johannes rettete die Situation. »Deine Mami ist noch weg, aber du bist nicht allein, dein Papi bleibt auf jeden Fall hier bei dir.«

Das schien ihr für den Moment zu genügen und sie schob ihre kleine Hand in meine. Eine Geste, die mich gleichermaßen überraschte und berührte. Die Puppe hatte tatsächlich längere und dunklere Haare als ich, und Hanna hielt sie im Arm, als sie noch während der Gutenachtgeschichte einschlief.

Kapitel zwei

Am Tag nach dem Mord fuhr ich zu Ben und Hanna. Ich hatte die restlichen Stunden der Nacht kein Auge zugetan und vor allem an Hanna gedacht. Denn wenn ein erwachsener Mensch den Tod eines geliebten Menschen nicht verstehen und verkraften kann, wie sollte dann ein Kind damit zurechtkommen. Ich war aufgewühlt und wütend. Nie hätte ich geglaubt, dass es das wirklich Böse in meinem direkten Umfeld gab, hier in Bad Tölz, der bezaubernden Stadt in Oberbayern, in der Jahr für Jahr viele Touristen ihren Urlaub verbrachten. Man konnte an der Isar spazieren gehen, laue Sommerabende im Biergarten verbringen und Ausflüge zum Tegernsee oder Kochelsee unternehmen. In dieser Idylle kannte man sich und half sich, falls nötig. Ein Mord passte einfach nicht hierher. Doch anscheinend war ich mit sehr naiven Vorstellungen Familientherapeutin geworden. Wie hatte ich nur glauben können, dass ich in diesem Beruf mit dem Bösen nichts zu tun haben würde? Ein Irrglaube.

Diese Gedanken gingen mir durch den Kopf, als ich meinen Wagen vor Ben Jansens Haus parkte. Ich klingelte, und es schien ewig zu dauern, bis ich Schritte im Flur hörte und Ben die Tür öffnete. Offensichtlich hatte er weder geschlafen noch geduscht. Er trug nach wie vor die Kleidung vom Vortag, das Haar war zersaust, und er schien sehr verstört.

»Ich wollte nur nach dir und der Kleinen sehen …«, setzte ich an, aber ich merkte, dass meine Worte nicht zu ihm durchdrangen.

Er schlurfte mit hängenden Schultern den Flur entlang, und ich schloss die Haustür, um ihm zu folgen. Hanna saß in der Küche, vor ihr stand eine Schüssel mit Cornflakes und zu viel Milch. Auch sie schien verstört. Anscheinend hatte ihr Vater noch kein Wort mit ihr gewechselt, geschweige denn erklärt, was passiert war. Wer konnte ihm das schon verdenken.

Ich fragte sie, ob sie gut geschlafen habe, aber sie antwortete mir nicht, sondern starrte nur ihren Vater an, der in sich zusammengesunken auf der Eckbank saß.

»Warum erzählt Papa nichts? Er ist ganz still. Ist er heute auch noch krank?«

Ich strich Hanna über den Kopf. »Ja, es geht ihm heute noch immer nicht gut, deshalb ist er auch so still. Willst du dein Frühstück aufessen? Sonst werden die Cornflakes noch ganz weich, und dann schmecken sie nicht mehr.«

Das schien Hanna einzuleuchten, und sie griff mit ihren kleinen Händen nach Löffel und Schüssel und machte sich über ihr Frühstück her.

Ich wusste, dass Ben seine Frau noch identifizieren musste, aber es zerriss mir schier das Herz, diesem gebrochenen Mann das abzuverlangen. Aber ich sollte erst gar nicht in diese Situation kommen.

»Kann ich sie sehen?«, frage er, ohne mich anzusehen. »Ich kann es nicht glauben, ich muss mich selbst davon überzeugen.«

»Natürlich kannst du das. Hol deine Jacke, dann fahren wir gleich los.«

Er nickte langsam. Das schien das erste Mal an diesem Tag zu sein, dass er meine Worte wahrnahm.

»Ben, hast du jemanden, der sich in nächster Zeit um Hanna und dich kümmern kann? Du wirst Hilfe brauchen, und es tut euch nicht gut, jetzt allein im Haus zu sein.«

Er schaute mich lange an. »Conny ist tot. Wie soll uns da jemand helfen? Kein Mensch kann sie uns zurückbringen.«

Dass er mit mir sprach, erleichterte mich ein wenig. Aber im nächsten Moment schaute ich erschrocken zu Hanna. Hoffentlich hatte sie die Worte ihres Vaters gerade nicht gehört – sie durfte auf keinen Fall auf diese Weise vom Tod ihrer Mutter erfahren. Aber zum Glück war sie so damit beschäftigt, die letzten Cornflakes aus ihrer Milch zu fischen, dass sie nichts um sich herum wahrnahm.

»Das stimmt, und es gibt niemanden, der dir den Schmerz nehmen kann. Aber du hast eine kleine Tochter, die jetzt ganz besonderer Fürsorge bedarf und die diesen Schmerz genauso spürt wie du. Die nächste Zeit wird sehr schwer werden, und du solltest diese Bürde nicht allein tragen. Wenn ich jemanden anrufen soll, dann tue ich das gerne für dich«, sagte ich sanft. Ich musste unbedingt diesen wachen Moment ausnutzen, um ebendiese Dinge zu klären, denn er konnte von einer Minute auf die andere wieder in seine Lethargie zurückfallen.

»Ich habe hier niemanden. Jedenfalls keine Verwandten«, setzte er an. »Meine Mutter ist vor ein paar Jahren gestorben und meine Schwiegereltern leben in Frankfurt. Aber ich möchte nicht, dass sie herkommen. Sie würden nur versuchen, mir Hanna wegzunehmen. Conny und ich haben beide keine Geschwister.«

Seinen Vater hatte er nicht erwähnt. Das mochte seinen Grund haben, aber ich musste trotzdem nachfragen. »Was ist mit deinem Vater? Könnte er dir und deiner Tochter jetzt zur Seite stehen?«

Ben schüttelte langsam und traurig den Kopf. »Mein Vater hat sich vom Tod meiner Mutter nie erholt. Er starrt die ganze Zeit nur noch vor sich hin und ist nicht mehr in der Lage, für sich selbst zu sorgen. Er lebt in einem Seniorenheim in Bad Tölz.« Er sah Isabella an, zum ersten Mal. »Meine Eltern haben mich erst sehr spät bekommen, mein Vater war bei meiner Geburt bereits achtundvierzig Jahre alt, fünfzehn Jahre älter als meine Mutter. Wir besuchen ihn jede Woche mindestens zweimal. Uns blieb einfach keine andere Wahl, als ihn ins Altersheim zu bringen. Ich kann ihn nicht rund um die Uhr betreuen, wer soll denn sonst die Gärtnerei weiterführen? Er weiß nicht mehr, was er tut, manchmal erkennt er mich nicht einmal mehr.«

Ich verstand, was er damit sagen wollte. »Du musst dich nicht vor mir rechtfertigen. Niemand macht dir einen Vorwurf, weil du deinen Vater in einem Pflegeheim versorgen lässt. Manchmal kann man das einfach nicht mehr selbst übernehmen.« Viel mehr beunruhigte mich die Bemerkung über Connys Eltern. Wenn Ben befürchtete, dass sie ihm das Kind wegnehmen könnten, musste er tiefgreifende Probleme mit seinen Schwiegereltern haben. Ich nahm mir vor, ihn zu gegebener Zeit danach zu fragen. Jetzt war nicht der richtige Augenblick dafür. Ich war schon froh, dass ich ihn überhaupt zum Reden gebracht hatte. Trotzdem waren wir mit der Lösung unseres Problems noch keinen Schritt weitergekommen. Jemand musste sich um Ben und vor allem um die kleine Hanna kümmern.

»Ben, du hast doch bestimmt Freunde hier in der Gegend, die dir in nächster Zeit unter die Arme greifen können. Du wirst das nicht allein schaffen, und es wäre sowohl für dich als auch für deine Tochter am besten, wenn sich vertraute Menschen um euch kümmern würden.«

Er schien einen Moment zu überlegen, dann nickte er langsam. »Unsere Nachbarn sind da. Wir sind gut mit ihnen befreundet. Vroni und Christian. Sie wohnen direkt neben uns, in der anderen Doppelhaushälfte.«

Wir einigten uns darauf, dass ich hinüberging und ihnen die Sachlage erklärte, während er Hanna waschen und anziehen sollte. Ich verstand, dass diese Regelung ihm so am liebsten war. Er schien selbst das ganze Ausmaß der Katastrophe noch nicht verstanden zu haben. Er befand sich nach wie vor in jener Phase, in der man den Tod eines geliebten Menschen nicht realisiert, sondern zu ignorieren versucht, wobei man sich ganz sicher ist, dass es sich um einen Irrtum handeln muss, und glaubt, dass der andere jeden Moment durch die Tür kommt und sich für seine Verspätung entschuldigt. Und für das Ganze gäbe es eine simple Erklärung. Mein Auto hatte einen Platten und der Akku meines Handys war leer. Meine Freundin wurde gerade von ihrem Mann verlassen, und ich konnte sie die Nacht über nicht allein lassen. Solche Dinge eben. Die Wahrheit konnte Ben in diesem Moment noch nicht zulassen, deshalb war ein Gespräch darüber auch noch nicht möglich.

Ich ging also hinüber zum Nachbarhaus. Es war so schön wie das der Jansens, sehr gepflegt und mit einem hübsch angelegten Garten. Trotzdem sah man, dass in diesem Haus eine Familie lebte, dass Leben herrschte. Im Vorgarten lag ein Kinderfahrrad und vor der Haustür stand ein Paar kleine Gummistiefel. Die perfekte Familienidylle, die es ein Haus weiter seit letzter Nacht nicht mehr gab.

Ich atmete tief durch und überlegte, was ich sagen sollte. Zum zweiten Mal innerhalb von vierundzwanzig Stunden musste ich jemandem eine schlechte Nachricht überbringen. Als Psychologin muss man so etwas können, das wusste ich natürlich, aber zwischen Verstand und Gefühl liegt oft eine Kluft, die sich nicht so leicht überwinden lässt. Ich gehöre nicht zu den Menschen, die auf spektakuläre Zwischenfälle bei der Arbeit hoffen. Ich schlichte lieber bei Eltern-Kind-Problemen oder Ehestreitigkeiten. Da kann ich wenigstens noch helfen. Die Konfrontation mit Tragik und Tod überfordert mich fast. Vielleicht bin ich auch zu weich für die Zusammenarbeit mit der Polizei, wer weiß. Vielleicht hatte ich aber bis jetzt auch einfach nur Glück gehabt, etwas so Schlimmes wie Mord noch nicht miterleben zu müssen. Ich steckte also gerade mitten in einer ungeliebten Premiere.

Kapitel drei

Vroni, die Nachbarin, schüttelte einfach nur den Kopf, als ich ihr die Nachricht von Connys Tod überbrachte. Sie wollte mir nicht glauben und bestand darauf, dass es sich um eine Verwechslung handeln müsse. Ich brachte es nicht übers Herz, ihr zu sagen, auf welche Weise ihre Nachbarin und Freundin ums Leben gekommen war. Ich erklärte ihr kurz, dass ich Ben zur Identifizierung seiner Frau in die Gerichtsmedizin bringen müsse, und fragte sie, ob Hanna so lange bei ihr bleiben könne. Natürlich erklärte sie sich dazu bereit, aber ich merkte ihr ihren Unglauben immer noch an. Sie hielt das alles für einen Irrtum.

In diesem Moment kam Ben mit Hanna an der Hand aus seinem Haus. Er ging wie ein alter Mann, gekrümmt und unsicher, und starrte mit leerem Blick geradeaus, während seine Tochter immer wieder verwirrt zu ihm aufschaute.

Vroni rannte an mir vorbei und packte Ben an den Schultern, sodass er sie ansehen musste. »Ben, das ist nicht Conny, du wirst sehen. Die Polizei hat sie verwechselt. Du gehst jetzt mit in die Gerichtsmedizin und sagst ihnen, dass die tote Frau nicht Conny ist.«

Ben fuhr sich mit einer Hand über die Augen, und es schien, als koste ihn das seine letzte Kraft. Es war ihm anzusehen, dass er Vronis Hoffnung nicht teilte. Dieses Stadium hatte er bereits hinter sich gelassen. Er sah sie an, müde, traurig. »Sie ist die ganze Nacht nicht nach Hause gekommen. Und die Polizei hat ihren Ausweis gefunden. Sie ist es. Ich weiß es.«

Ich hatte Hanna gerade noch rechtzeitig ein paar Schritte von ihrem Vater und Vroni wegführen können, sonst hätte sie das Gespräch mit angehört, und das durfte auf keinen Fall passieren. Trotzdem spürte sie, dass etwas nicht stimmte, denn sie drehte sich dauernd nach ihrem Vater um. Sie verstand nicht, was um sie herum vorging. Wie sollte sie auch?

Ben kam zu uns herüber und erklärte seiner Tochter, dass er etwas erledigen müsse und Vroni so lange auf sie aufpassen werde. Für Hanna schien das in Ordnung zu sein.

»Kann ich mit Julian spielen?« Hoffnungsvoll sah sie Vroni an, die einen Moment lang verwirrt dreinschaute, weil sie nach dieser schlimmen Nachricht nicht auf Normalität gefasst war. Aber für Hanna hatte sich ja nichts verändert – noch.

Aber Vroni fasste sich schnell wieder. »Nein, Süße«, brachte sie mühsam hervor, »Julian ist noch im Kindergarten, aber wir holen ihn später zusammen ab. So lange werde ich mit dir spielen. Ist das in Ordnung?«

Hanna nickte begeistert, und es brach mir das Herz, weil sie noch nicht wusste, dass ihr kleines Leben einen heftigen Verlust erlitten hatte und sie es dennoch irgendwann würde erfahren müssen. Ben drückte ihr geistesabwesend noch einen Kuss aufs Haar, dann machten wir uns auf den Weg.

Es war ein schwerer Weg, und die Luft im Auto war angefüllt mit Trauer, Wut, Fassungslosigkeit und der winzigen, irrationalen Hoffnung, die Tote könnte trotz allem nicht Conny sein.

Ben fing plötzlich an zu sprechen, monoton, fast wie ein

Roboter. »Sie war doch nur mit ihren Kolleginnen beim Italiener.«

Ich horchte auf. Obwohl wir Ben längst nach Connys letztem Abend hätten fragen müssen, hatte es bis jetzt noch keinen passenden Zeitpunkt dafür gegeben. Johannes war, als er ihm die Nachricht überbracht hatte, leider bei dem Versuch, etwas zu erfahren, nicht zu ihm durchgedrungen. Somit war ich erleichtert, als er selbst damit anfing.

»Hat sie das öfter gemacht?«, hakte ich vorsichtig nach.

Er nickte und biss sich auf die Lippe. »Sie machen das einmal im Monat, Conny und ihre Kolleginnen vom Friseursalon. Normalerweise war sie spätestens um zehn zu Hause. Als sie es gestern nicht war, wusste ich sofort, dass ihr etwas zugestoßen sein musste. Ich hatte so ein ungutes Gefühl.«

Conny hatte, wie ich weiter erfuhr, an zwei Tagen pro Woche als Friseurin in einem kleinen Salon in der Marktstraße gearbeitet, und sie und ihre Kolleginnen trafen sich an jedem ersten Dienstag im Monat in der Pizzeria »Roma« am Isarkai zum Abendessen. Ein Frauenabend, ohne Arbeit, Männer und Kinder.

»Das war wichtig für sie, da ihr nicht viel Zeit für sich zur Verfügung stand. Ich gönnte ihr diesen einen Abend im Monat von ganzem Herzen. Und Hanna und ich haben dann unseren Vater-Tochter-Abend genossen, zusammen Pommes oder Spaghetti gegessen, und danach durfte sie sich drei Geschichten aussuchen, die ich vorlesen musste. Sie wusste, dass ihre Mutter am nächsten Tag wieder da sein würde. Und ich wusste es auch. Jetzt weiß ich nichts mehr«, schloss er leise.

Vor der Gerichtsmedizin wartete Johannes auf uns. Ben nahm ihn kaum wahr.

Johannes legte ihm eine Hand auf die Schulter. »Ich weiß, wie schmerzhaft das alles für Sie sein muss, und ich danke Ihnen, dass Sie gekommen sind. Die Tote ist nicht entstellt, Sie brauchen sich nicht zu fürchten. Sollte es sich wirklich um Ihre Frau handeln, dann reicht es, wenn Sie nicken.«

Ben sah ihn aus trüben Augen an. Ich nahm ihn sanft am Arm und ging mit ihm hinein. Dr. Meichsner von der Gerichtsmedizin erwartete uns bereits. Es fröstelte mich, als wir den Raum betraten, und ich sah, auch auf Bens Unterarmen hatten sich sämtliche Härchen aufgestellt. Aber ich wusste, dass die Ursache nicht an der Temperatur lag. Der Pathologe schlug das weiße Laken zurück, und da lag sie. Sie hatte die Augen geschlossen, ihr Gesicht wirkte wächsern. Obwohl man ihr in die Stirn geschossen hatte, schien ihr Gesicht dank der verbundenen Einschussstelle unzerstört. Ich stand da und wartete darauf, dass sie endlich aufwachte. Aber das tat sie natürlich nicht. Ben verharrte starr neben der Bahre, dann streichelte er ihr Gesicht. Seine Geste verriet uns, dass es sich um Conny handelte. In diesem Streicheln lagen so viel Traurigkeit, so viel Verzweiflung und so unendlich viel Zärtlichkeit, dass jedes weitere Zeichen überflüssig geworden war. Für uns war die Identifizierung reine Formsache, aber für Ben war es eine Möglichkeit, Klarheit zu bekommen und Abschied zu nehmen. Aber es brachte mich fast um mitzuerleben, welche Konsequenzen die Gewissheit mit sich brachte. Mit einem Schlag war das Leben von drei Menschen zerstört worden. Ein Mann hatte seine Frau verloren, ein Kind seine Mutter und eine Frau ihr Leben.

Während der Heimfahrt rührte sich Ben nicht auf dem Beifahrersitz, aber stumme Tränen liefen ihm übers Gesicht. Zu Hause angekommen machte er keine Anstalten, aus dem Wagen zu steigen.

»Wie soll ich das bloß unserer Tochter erklären? Wie soll sie das verstehen? Und wie soll ich ohne sie weiterleben? Sie war doch alles für mich.«

Ich legte meine Hand auf seine, und er hielt sie ganz fest. Jetzt weinte auch ich.

Kapitel vier

Um neun Uhr abends kam ich sehr erschöpft nach Hause. Es war noch angenehm warm. Langsam stieg ich die Treppen zu unserer Dachwohnung hinauf, mit dem Aufzug wäre ich zu schnell gewesen. Ich brauchte diese Minuten und den monotonen Bewegungsablauf des Treppensteigens, um wenigstens halbwegs zur Ruhe zu kommen. Das war mit der Zeit zu einem geliebten Ritual geworden, und Niklas, der meinen Schritt bereits genau kannte, wartete oben auf mich. Niklas, mein Lichtblick nach einem anstrengenden Arbeitstag. Es gab nichts Schöneres, als von ihm in unserer Wohnung erwartet zu werden. Schon im Flur nahm ich den Duft von frischem Knoblauchbaguette wahr, was nochmals tröstend auf mich wirkte. Das Beste an unserer Beziehung war, dass wir auch ohne viele Worte wussten, wie sich der andere gerade fühlte und was er brauchte. So auch dieses Mal. Er spürte sofort, welch schlimmer Tag hinter mir lag, und zog mich in seine Arme.

»Jetzt setzen wir uns noch eine Stunde auf die Dachterrasse und essen zusammen. Dann dürfte es dir bald wieder besser gehen.«

Ich nickte dankbar und verschwand kurz im Schlafzimmer, um meine Jeans gegen ein paar Shorts einzutauschen. Als ich zurückkam, ließ ich mich an dem hübsch gedeckten Tisch auf der Terrasse nieder, es gab Rotwein, Baguette,

Tomaten mit Mozzarella und kleine Steaks mit Kräuterbutter. Das war wieder einer dieser Momente, in dem mir jede andere Frau leidtat, weil ich den besten aller Männer bekommen hatte und mir nicht vorstellen konnte, dass es irgendwo auf der Welt noch ein ähnliches Exemplar geben sollte. Langsam entspannte ich mich und merkte plötzlich, wie groß mein Hunger war. Ich hatte den ganzen Tag über vor Kummer und Aufregung nichts gegessen. Ich erzählte Niklas von meinen Gedanken und den emotionalen Problemen, die dieser Fall mir bereits jetzt in diesem frühen Ermittlungsstadium machte. Ich beschrieb ihm die kleine Hanna, die jetzt keine Mutter mehr hatte, und Ben, der jetzt keine Frau mehr hatte. Die glückliche Familie von vor zwei Tagen existierte nicht mehr.

Niklas beruhigte mich. »Es ist doch ganz normal, dass du so fühlst. Ein Mord ist etwas sehr Grausames, zumal wir in Bad Tölz – zum Glück – mit solchen Verbrechen normalerweise nicht in Berührung kommen. Gib dir selbst ein wenig Zeit, damit klarzukommen. Auch wenn es schlimm für dich ist. Sei froh, dass du nicht immun gegen die Schicksalsschläge deiner Mitmenschen bist und noch Trauer empfinden kannst. Was die beiden jetzt brauchen, sind nicht nur Polizisten, die den Mörder fassen, sondern auch Menschen, die mit ihnen fühlen.«

Das war Niklas. Brachte die Sache direkt auf den Punkt.

Es ging mir gleich viel besser. Aber als ich in dieser Nacht an seinen Rücken gekuschelt einschlief, träumte ich von einer weinenden Hanna auf unserer Dachterrasse; und weil sich die Glastür nicht öffnen ließ, konnte ich sie nicht in den Arm nehmen, sondern musste hilflos mit ansehen, wie sie, im Nachthemd und ihre Puppe an sich gedrückt, bittere Tränen vergoss.

Kapitel fünf

Etwas verwirrt und gerädert von meinem Albtraum setzte ich Niklas am nächsten Morgen vor dem Gymnasium, an dem er unterrichtete, ab und machte mich auf den Weg zum Polizeirevier, wo man mir für die Dauer der Ermittlungen einen Arbeitsplatz einrichten würde. Gregor wartete schon ungeduldig auf mich und wedelte aufgeregt mit einer dünnen Mappe vor meiner Nase herum.

»Warum war dein Handy gestern ausgeschaltet? Ich habe den ganzen Mittag versucht, dich zu erreichen. Hörst du nie deine Mailbox ab?«

Ich ging erst einmal zu meinem provisorischen Schreibtisch und legte meine Tasche ab, nicht ohne die Hoffnung, Gregor würde mir noch wenigstens zwei Minuten gönnen, um wieder zu mir zu kommen. Die Hoffnung blieb leider unerfüllt.

»Hast du etwa jetzt auch noch das Sprechen verlernt?«, bohrte er weiter.

Ich seufzte. Gregor war mir im Laufe unserer Zusammenarbeit lieb und teuer geworden, auch wenn sein Feingefühl manchmal zu wünschen übrig ließ. »Nein, Gregor, ich habe das Sprechen nicht verlernt. Aber vielleicht lässt du mich erst einmal hereinkommen und meine Jacke ausziehen, bevor du mich mit deinen tausend Fragen überfällst. Aber um deine Fragen zu beantworten: Mein Handy war gestern ausgeschaltet, weil ich, wie du weißt, den Tag bei Ben Jansen und seiner Tochter verbracht habe, um wenigstens das Nötigste mit ihm zu klären. Die beiden sind natürlich völlig verstört, und wenn dann auch noch dauernd das Handy geklingelt hätte, wäre Ben vermutlich völlig aus der Fassung geraten. Ich glaube nicht, dass ich dann noch ein Wort aus ihm herausgebracht hätte. Meine Mailbox habe ich selbstverständlich abgehört, aber nach Absprache mit Johannes sollte ich mich voll und ganz der Familie des Opfers widmen und die Beantwortung meiner Nachrichten auf der Mailbox, sofern es sich um keinen Notfall handelt, auf heute verschieben. Bist du jetzt zufrieden?«

Gregor setzte ein sichtlich beleidigtes Gesicht auf, ob wegen meines barschen Tonfalls oder der Tatsache, dass ich mich mit Johannes anstatt mit ihm besprochen hatte, konnte ich nicht sagen, aber es war mir in diesem Moment auch egal. Wir hatten einen Mordfall aufzuklären, ein Mord an der Mutter eines kleinen Kindes, da konnte Gregors Empfindlichkeiten kein Platz eingeräumt werden. Ich musste ihn nur eine Weile schmollen lassen, das wusste ich, dann wäre bald schon wieder alles gut. In dieser Beziehung schien Gregor schwieriger als so manche Frau.

Nach zehn Minuten hielt ich seine Schmollzeit für abgelaufen. »Was hast du denn in dieser Mappe, die du mir vorhin zeigen wolltest? Den Obduktionsbericht?«

Gregor tat so, als hörte er mich nicht, was mich ziemlich in Rage brachte.

»Ich glaube nicht, dass ich irgendetwas getan habe, was dein Verhalten rechtfertigt. Dass ich gestern keine Anrufe entgegengenommen habe, hat mit dir doch gar nichts zu tun. Ich habe dir die Gründe doch gerade erklärt. Also tu bitte nicht so, als hätte jemand versucht, dich persönlich anzugreifen.«

»Du weißt genau, dass der eine immer für den anderen erreichbar sein muss.« Er mimte also weiter den Gekränkten. Sein Verhalten regte mich auf, und ich konnte so nicht arbeiten.

»Das stimmt, aber wie ich dir bereits gesagt habe, war das alles mit Johannes abgesprochen.«

Jetzt schien er richtig wütend zu werden. »Ach, dann ist ja alles gut. Ich wusste nur nicht, dass du neuerdings solche Dinge mit Johannes, dem Wundercop aus München, abstimmst anstatt mit mir. Wenn wir Psychologen zur Polizeiarbeit hinzuziehen, sind wir beide Partner, nicht du und dieser Johannes Hertel.«

Jetzt musste ich fast lachen. Er war eifersüchtig. »Darum geht es dir also. Vielleicht hast du recht. Aber Johannes leitet die Ermittlungen, also muss zuerst er informiert werden. Außerdem hatte ich weder die Zeit noch die Nerven, mein Vorgehen mit mehreren Leuten zu besprechen. Ich wollte dich sicher nicht übergehen, und als mein Partner bist und bleibst du im Job meine Bezugsperson. Doch Johannes wurde uns für diesen Fall als Vorgesetzter zugeteilt, damit musst du dich abfinden, ob dir das nun gefällt oder nicht. Und aus diesem Grund müssen wir unsere Vorhaben zunächst einmal von ihm absegnen lassen.«

Er brummte etwas Unverständliches vor sich hin, was in der Regel bedeutete, dass er sich beruhigt hatte und wieder auf dem Weg in die Normalität war.

»Dass man uns einen Kollegen aus München zugeteilt hat, muss ja nicht das Schlechteste sein«, fuhr ich fort. »Uns fehlt bei Mordfällen einfach die praktische Erfahrung. Zum

Glück passiert so etwas bei uns im Oberland ja nicht alle Tage.«

Gregor schnaubte verächtlich. »Und du denkst wirklich, wir hätten das alleine nicht hingekriegt? Wir sind ein eingespieltes Team und kennen uns in der Gegend und bei den Menschen hier bestens aus. Wir brauchen keinen Münchner Wachhund.«

Ich schüttelte den Kopf. »Du bist es doch, der sich wie ein Hund benimmt. Musst du um jeden Preis dein Revier verteidigen? Das ist völlig unnötig. Keiner will es dir wegnehmen. Aber wir können Hilfe dringend brauchen. Mir geht das Ganze jedenfalls ziemlich an die Nieren, und ich bin dankbar für jeden, der dank seiner Erfahrung mit solchen Situationen vertraut ist und besser damit klarkommt. Wir müssen den Mörder dieser jungen Frau finden, und Johannes kann uns dabei helfen. Außerdem ist er gar nicht so übel, du musst ihm nur eine Chance geben.« Ich machte eine kleine Pause, um wenig später hinzufügen: »Also gibt es Stutenbissigkeit auch unter Männern! Ich habe es ja immer gewusst!«

Hinter uns plötzlich ein verhaltenes Räuspern.

Gregor fuhr erschrocken herum, als Johannes plötzlich in der Tür stand.

»Vielleicht gehen wir heute Abend nach Dienstschluss zusammen etwas trinken. Ich glaube, hier besteht Klärungsbedarf.«

Ich nickte zustimmend, da ich hoffte, so die Sache endlich vom Tisch zu bekommen. »Gut, dann könnten wir jetzt den Obduktionsbericht durchgehen«, beschloss ich. »Gregor, gib uns doch eine kurze Zusammenfassung! Du hast ihn ja schon gelesen.«

Er griff nach der dünnen Mappe aus der Gerichtsmedizin,

während sein Gesichtsausdruck sich erkennbar veränderte. Statt gekränkter Eitelkeit sahen Johannes und ich plötzlich Bekümmertheit und einen Hauch von Resignation.

»Dr. Meichsner von der Gerichtsmedizin hat den Bericht gestern Mittag persönlich vorbeigebracht. Du hast recht, wir müssen diesen Mord so schnell wie möglich aufklären, denn es ist noch tragischer als bisher angenommen, falls das überhaupt noch möglich ist.« Er sah erst Johannes an, dann mich. »Sie war in der elften Woche schwanger.«

Kapitel sechs

Der Fall bekam dadurch eine neue Dimension. Ich glaube, jedem von uns schoss in diesem Moment derselbe Gedanke durch den Kopf. Wir hatten es mit zwei Toten zu tun. Ein kleines Leben, das gerade erst begonnen hatte, war ebenfalls ausgelöscht worden. Dieses Wissen schien über meine Kräfte zu gehen, und ich hätte mich am liebsten von dem Fall zurückgezogen. So viel Grausamkeit überforderte mich. Auf diese Momente konnte einen selbst die beste Ausbildung nicht vorbereiten. Abhärten musste man sich schon selbst. Würde ich in einer Großstadt leben und arbeiten, wäre ich diesbezüglich wahrscheinlich schon viel weiter. Aber im idyllischen Oberbayern schien die Welt einfach noch in Ordnung zu sein, da schlug ein Verbrechen wie Mord – und dazu noch an einer jungen Mutter – ein wie eine Bombe.

Wenn man durch Bens Heimatort Rekling ging, kam man sich vor wie in einer Geisterstadt. Kaum jemand hielt sich auf der Straße auf – und wenn doch, geschah das schweigend. Trauer und Fassungslosigkeit waren dem ganzen Dorf anzumerken, wie dichter Nebel schwebten sie über den Häusern und schienen alles zu verschlucken.

Selbst Johannes, der bisher wesentlich professioneller und abgeklärter an den Fall herangegangen war als wir, schien mit einem Mal blasser geworden zu sein. Ich sah, wie

Unverständnis und Wut sich in seinem Gesicht abzeichneten. Aber genauso wie Gregor und ich war er in diesem Augenblick unfähig, seinen Gefühlen Ausdruck zu verleihen. So saßen wir einige Minuten stumm und betroffen in unserem Büro und versuchten, jeder für sich, unsere Fassung wiederzuerlangen.

Johannes fand als Erster seine Sprache wieder. »Wir müssen diese Nachricht erst einmal verdauen. Ich schlage vor, wir treffen uns in einer Stunde wieder hier und tragen zusammen, was wir bislang an Informationen haben. Außerdem müssen wir darüber nachdenken, ob die Schwangerschaft in irgendeiner Weise in Verbindung mit dem Verbrechen stehen könnte. Seid ihr damit einverstanden?«

Ich nickte, und auch Gregor stimmte zu. »Ja, ich denke, das ist eine gute Idee.«

Augenblicklich wusste ich, dass Gregor, auch wenn nicht gerade überschwänglich, soeben Johannes als Kollegen akzeptiert hatte und zum Ausdruck brachte, dass er seine Überlegtheit in dieser Situation schätzte. Wahrscheinlich lag genau in diesem Moment der Knackpunkt, der uns als Team zusammenwachsen ließ. Nie war uns klarer, dass persönliche Eitelkeiten bei unserer Arbeit nichts zu suchen hatten und dass nur die gemeinsame Suche nach Connys Mörder wichtig war. Und genau das wollten wir.

Ich beschloss, im Freien nachzudenken, und schnappte mir meine Tasche. Die Sonne tat mir gut, auch wenn mein Gemüt noch so sehr erhitzt war. Ich lief in Richtung Marktstraße, wo ich in der Menschenmenge untertauchte. Die stark bevölkerte Fußgängerzone zeigte, dass die Ferienzeit begonnen hatte. Touristen in Sommerkleidern und mit Sonnenbrillen tummelten sich vor den Schaufenstern. Ich beobachtete ein älteres Paar, das die kunstvoll verzierten

Häuserfassaden bewunderte. Für einen Moment blieb ich stehen, um den beiden zuzuhören, und musste lächeln, waren die bemalten Häuser doch das Erste, was einem Fremden ins Auge stach, wenn er durch die Tölzer Marktstraße schlenderte. Nach meinem Umzug vor fünf Jahren war es mir kein bisschen anders ergangen. Und noch heute kann ich mir keinen Ort vorstellen, an dem ich lieber leben würde als hier in dieser kleinen, wunderschönen Stadt. Mit einem Mal fand ich mich vor der Stadtpfarrkirche wieder, die in dem geschäftigen Treiben wie eine Oase der Ruhe wirkte. Spontan ging ich durch die geöffnete Tür hinein, setzte mich auf eine der mittleren Bänke und atmete die weihrauchgeschwängerte Luft ein. Die Schritte der Touristen, die die Kirche besichtigten, hallten leise von den Gängen herüber. Trotz aller Traurigkeit überkam mich seltsamerweise ein Gefühl des Friedens, und ich blieb einige Minuten still in der Ruhe und Abgeschiedenheit des Kirchenraumes sitzen, in dem, so schien es mir, alles Böse von einem ferngehalten wurde.

Genau eine Stunde später saßen wir wieder auf unseren Stühlen im Büro. Wir hatten uns um Gregors Schreibtisch versammelt, da er den Obduktionsbericht vor sich liegen hatte.

»Falls uns noch weitere unangenehme Überraschungen erwarten, musst du uns jetzt vorwarnen«, eröffnete ich unsere kleine Sitzung.

Gregor lächelte müde. »Schlimmer kann es kaum werden. Aber besser auch nicht, das sage ich dir gleich. – Also, der Tod muss zwischen elf und zwölf Uhr eingetreten sein. Todesursache: ein fast aufgesetzter Schuss in die Stirn.«

»Auf jeden Fall ist der Täter besonders brutal vorgegangen, und es sieht ganz danach aus, als wäre Conny Jansen kein zufälliges Opfer gewesen«, erklärte Johannes und gab zu bedenken: »Ein Mord durch einen aufgesetzten Schuss gleicht einer Hinrichtung.«

Als ich realisierte, dass er recht hatte, wurde mir augenblicklich wieder schlecht. War der gestrige Tag schon schlimm gewesen, was konnte man dann zum heutigen sagen?

»Außerdem geben mir die heftigen Blutungen zu denken, die kurz vor ihrem Tod eingetreten sind«, fuhr Gregor fort.

»Was meinst du mit Blutungen?« Das wurde ja immer besser.

»Sie hatte starke Blutungen im Unterbauch.«

»Denkst du an eine Fehlgeburt?«, fragte ich weiter.

»Zumindest wäre es dazu gekommen, wenn sie nicht kurz darauf gestorben wäre. Aber Dr. Meichsner ist davon überzeugt, dass diese Blutungen durch starke äußere Gewalteinwirkung verursacht wurden. Er vermutet heftige Schläge oder gar Tritte.«

Ich empfand heftiges Mitleid mit Conny, obwohl ich sie doch kaum gekannt hatte. Wer auch immer dafür verantwortlich war, er hatte sich nicht damit begnügt, sie zu töten. Er hatte ihr bewusst vorher noch Angst einflößen und sie verletzen wollen, sowohl körperlich als auch seelisch. Denn welche Qualen muss eine Frau durchstehen, wenn sie erkennt, dass jemand absichtlich ihr ungeborenes Baby töten will? Ich teilte diese Gedanken meinen Kollegen mit, und beide stimmten mir zu.

»Ich denke, dass du vorhin recht hattest, Johannes«, warf Gregor ein. »Wir müssen herausfinden, ob die Schwangerschaft etwas mit dem Mord zu tun hat. Es sieht jedenfalls ganz danach aus.«

»Im Moment ja«, antwortete Johannes, »aber wir dürfen uns nicht nur auf diese Spur festlegen, sondern müssen auch noch in andere Richtungen ermitteln. Vielleicht wollte uns der Mörder nur auf eine falsche Fährte locken.«

Ich wusste nicht mehr, was ich denken sollte. Eine junge Frau, die ein ganz normales Familienleben geführt hatte und ihr zweites Kind erwartete, war brutal ermordet worden. Johannes hatte recht. Wir mussten in alle Richtungen ermitteln, wir durften nichts außer Acht lassen. Aber auch wenn uns bisher weder ein Motiv noch ein möglicher Täter ins Auge sprang, so war ich doch genau wie Johannes felsenfest davon überzeugt, dass Conny nicht zufällig hatte sterben müssen. Zudem sah ich sie auch nicht als Opfer irgendeiner Affekthandlung. Nein, der Mörder musste einen unbändigen Hass gegen sie in sich getragen haben.

Kapitel sieben

Der Fall brachte eine Tragödie nach der anderen zum Vorschein. Dachte man, es könnte nicht mehr schlimmer werden, kam kurz darauf der nächste Schlag. Ich konnte einfach nicht begreifen, wie eine junge Frau wie Conny Jansen einem solch geplanten und somit besonders grausamen Mord hatte zum Opfer fallen können. Wenn dieser Fall ein Krimi im Fernsehen wäre, würde der Kommissar im Laufe der Ermittlungen auf eine ganz andere Seite von Conny stoßen. Es stellte sich vielleicht heraus, dass sie keineswegs nur die liebende Ehefrau und Mutter gewesen war, sondern ein Doppelleben geführt hatte. In einem Thriller wäre sie wahrscheinlich in dunkle Machenschaften verwickelt gewesen, von denen bislang niemand etwas geahnt hatte. Aber wir steckten nun einmal nicht in einem spannenden Thriller – vielmehr sahen wir uns mit einer traurigen und vor allem wahren Geschichte konfrontiert, von der wir noch nicht wussten, wie der Vater und die Tochter der Toten sie jemals bewältigen sollten. Als besonders schlimm empfindet man immer solche Fälle, in die Kinder involviert sind. Hanna war vier, und das Ungeborene hatte sie noch nicht einmal kennenlernen können. Natürlich ist das Leiden, das erwachsene Angehörige durchmachen, nicht geringer. Ich musste an Ben denken, der der Illusion beraubt worden war, mit Conny alt werden zu können. Seine Tochter hatte die Mutter verloren, und er hatte seine Frau verloren.

Aus genau diesen Gedanken riss mich Gregor, als er mir mitteilte, Connys Eltern wären jetzt eingetroffen und warteten im Besprechungszimmer. Johannes würde mit ihnen sprechen, wollte mich aber dabeihaben. Da Ben bereits das gespannte Verhältnis zu seinen Schwiegereltern angedeutet hatte, könnte eine Psychologin in dieser Situation von Nutzen sein. Wir hatten keine Vorstellung davon, wie das Gespräch verlaufen sollte – am Ende übertraf es alle unsere Befürchtungen.

Ronaldo und Leonore Reichert konnte man nur als imposante Erscheinungen bezeichnen. Er war groß und hatte dichtes graues Haar. Seine eisig blauen Augen jagten mir einen Schauer über den Rücken. Seine Frau war recht zierlich, nicht besonders groß und sehr schlank und drahtig. Menschen von solcher Statur darf man nicht unterschätzen, dachte ich, das sind die reinsten Powerpakete. Leider setzt nicht jeder seine Energie sinnvoll ein. Manche nutzen sie einfach dazu, ihren Willen durchzusetzen – ohne dabei Rücksicht auf das Gefühlsleben anderer zu nehmen. Und genau das war der erste Eindruck, den ich von Connys Eltern hatte. Mich erschreckte obendrein, dass Leonore Reicherts Augen nicht minder kalt wirkten als die ihres Mannes. Und das für eine Frau und Mutter. Ein kurzer Blick von Johannes sagte mir, dass auch er nicht anders über diese Leute dachte und dass die beiden unsere Ermittlungsarbeit nicht unbedingt erleichtern würden.

Wir versuchten, unsere Professionalität zu wahren, und eröffneten das Gespräch, indem wir uns vorstellten und unser Beileid zum Ausdruck brachten.

»Wir wissen, welchen Schmerz Sie gerade erleiden, und

wir fühlen mit Ihnen. Wir denken, es ist in unserer aller Sinn, wenn wir den Mörder Ihrer Tochter schnell finden und er zur Rechenschaft gezogen wird«, setzte Johannes an.

Viel weiter kam er nicht, denn Ronaldo Reichert gebot ihm mit einer Geste, die keinen Widerspruch duldete, zu schweigen. »Wir sind nicht hier, um mit Ihnen zu plaudern, sondern nur um einige Dinge zu klären. Zum Beispiel Ihre Vorgehensweise bei den Ermittlungen. Wir gehen davon aus, dass Sie zügig und vor allem diskret arbeiten werden. Ich habe einen Ruf zu verlieren.«

Ich spürte, wie sich mein Magen zusammenzog, aber in diesem Moment zeigten sich Johannes' Erfahrung und Souveränität.

»Wie ich bereits erwähnt habe, Herr Reichert, haben wir Verständnis für Ihren Schmerz. Das heißt aber nicht, dass wir uns von Ihnen in unsere Ermittlungsarbeit hineinreden lassen. Es wäre für alle Beteiligten das Beste, wenn Sie mit uns zusammenarbeiten würden. Je kooperativer sich alle involvierten Personen zeigen, desto schneller werden wir zu einer Lösung kommen. Wenn der Mörder Ihrer Tochter gefasst ist, muss die Polizei Sie nicht mehr behelligen. Das kann doch auch nur in Ihrem Interesse sein. Ermitteln werden wir in jeden Fall, mit oder ohne Ihre Hilfe, denn das ist unsere Pflicht. Und nur wir werden die Ermittlungen leiten, niemand sonst. Anregungen und Wünsche Ihrerseits werden wir, sofern es uns möglich erscheint, gerne berücksichtigen, aber wir werden auf gar keinen Fall Befehle von Ihnen entgegennehmen.« Das saß.

Zum Glück gelang es mir geistesgegenwärtig, meinen Mund, der mir vor Erstaunen und Bewunderung offen stand, wieder zu schließen. Ich gab mir Mühe, unbeteiligt zu wirken und somit den Eindruck zu erwecken, dass wir bei der Tölzer Polizei einen solchen Fall nicht zum ersten Mal behandelten und dass wir auch mit Personen wie den Reicherts umzugehen verstanden. In diesem Augenblick bewunderte ich Johannes zutiefst für seine Professionalität. An seiner Stelle hätte ich dem gebieterischen Vater des Opfers wahrscheinlich Hasstiraden entgegengeschleudert – natürlich in einer Lautstärke, die bis in die Marktstraße zu hören, sonst aber nicht von großem Nutzen gewesen wäre. Johannes dagegen hatte Reichert freundlich, aber bestimmt mitgeteilt, dass wir uns von ihm das Zepter nicht aus der Hand nehmen lassen würden. Und tatsächlich, die eiskalten Augen flackerten für einen Moment verwirrt. Ronaldo Reichert schien es nicht gewohnt zu sein, in seine Schranken gewiesen zu werden. So viel war klar. Doch er fing sich schnell wieder.

»Sie müssen nicht eigens betonen, dass Sie den Mörder meiner Tochter finden wollen. Davon gehe ich aus. Und sollten Sie Ihre Ermittlungen erfolgreich abschließen, dann wird das keine besondere Leistung sein. Denn genau dafür werden Sie mit unseren Steuergeldern bezahlt. Darüber hinaus interessiert uns Ihre Arbeit nicht. Wir möchten nur wissen, wie lange Sie den Leichnam noch hierbehalten wollen. Die pathologischen Untersuchungen dürften ja wohl abgeschlossen sein, und ich will meine Tochter beerdigen. Das nächste Problem ist der Mann, mit dem sie verheiratet war. Er wird sich vermutlich weigern, das Kind herauszugeben. Wir werden es natürlich mit nach Frankfurt nehmen. Sorgen Sie dafür, dass das reibungslos über die Bühne geht.«

Jetzt war mein Einsatz gefragt. Betont ruhig und mir ein Beispiel an Johannes nehmend wies ich den Despoten auf die Sachlage hin, die er einfach zu ignorieren schien. »Natürlich möchte man einen verstorbenen Angehörigen schnellstmöglich beerdigen. Aber es handelt sich hier um Mord, und in diesem Fall müssen Sie die Entscheidung über die Freigabe Ihrer Tochter der Polizei überlassen. Und wenn alle Untersuchungen abgeschlossen sind, wird Ihr Schwiegersohn sämtliche Entscheidungen bezüglich der Bestattung zu treffen haben. Was ihn betrifft, so war er mit Ihrer Tochter verheiratet und hat genau wie Sie einen schweren Verlust erlitten. Darüber hinaus ist er der Vater Ihrer Enkelin, und er wird sich selbst um sie kümmern wollen. Sie haben das nicht zu entscheiden. Und von allen rechtlichen Gesichtspunkten einmal abgesehen, würde für Hanna alles nur noch schlimmer, wenn man sie jetzt auch noch aus ihrer gewohnten Umgebung reißen würde. Ein Schock dürfte für sie wohl mehr als genug sein.« Ich atmete tief durch. Obwohl ich die Sachlage richtig dargestellt hatte, glaubte ich nicht, dass meine Worte auf fruchtbaren Boden gefallen waren. Wir würden im Moment mit diesen beiden Eisblöcken nicht weiterkommen.

Johannes sah das offenbar genauso, denn er teilte den beiden mit, dass sie gehen könnten. Er vergaß jedoch nicht, sie um den Namen ihres Hotels zu bitten und sie darauf hinzuweisen, dass sie sich zu unserer Verfügung halten müssten.

Grußlos verließen sie das Büro, und wir spürten beide, dass dieser Fall ein ungeahntes Ausmaß annehmen würde. Hinter den von Ben angedeuteten Spannungen verbarg sich offensichtlich eine grenzenlose Verachtung vonseiten der Schwiegereltern. Das war noch schlimmer als Hass, wie ich fand, wobei sie Ben noch nicht einmal dieses Gefühl entgegenbringen konnten. Sie empfanden ihn als zu nichtig, um ihn zu hassen. Sie verachteten ihn und ignorierten ihn deshalb. Wie ein Insekt, das man im Vorbeigehen mit dem Fuß zerquetscht.

Kapitel acht

Sobald sie den Raum verlassen hatten, schien das Büro wieder mit Frischluft versorgt zu werden. Endlich konnte ich wieder atmen – ich wurde das Gefühl nicht los, als hätte die Anwesenheit dieser beiden gefühlskalten Personen die Luft im Raum zum Gefrieren gebracht. Meinem Kollegen ging es wohl nicht anders. Johannes saß auf seinem Stuhl, das Gesicht in seinen Händen vergraben. Eine ganze Weile schwiegen wir beide, denn das soeben Erlebte kam uns fast noch erschütternder vor als der Mord selbst. Vor allem war mir die Art aufgefallen, wie Connys Eltern mit dem Tod ihrer Tochter umgingen. Normalerweise wollen Angehörige eines Toten genau wissen, wie sich alles ereignet hat. Sie versuchen, jede Einzelheit aus den Ärzten, der Polizei oder irgendwelchen Zeugen herauszuquetschen. Nicht um sich zu quälen, sondern um zu begreifen – und wegen der widersinnigen Hoffnung, es könnte sich um einen Irrtum handeln, der sich bald aufklären würde. Die Reicherts interessierte all das nicht. Ich hatte nicht die geringste Spur von Trauer bei ihnen entdecken können. Abgeklärt und eiskalt hatten sie lediglich versucht, ihre vermeintlichen Ansprüche geltend zu machen. Hätte ich es nicht besser gewusst, so könnte man annehmen, sie hätten anstatt über Menschen, die sogar ihre Angehörigen waren, über Möbelstücke oder Ähnliches gesprochen. Um Ben, offenbar nicht ihr Wunschschwiegersohn, schienen sie sich nicht zu sorgen, und sie hatten auch kein Interesse an einer Kontaktaufnahme mit ihm. Was mich erstaunte und in großem Maße erschütterte, war die Art und Weise, wie sie über Hanna gesprochen hatten. Nicht ein einziges Mal hatten sie sich nach ihrem Befinden erkundigt. Sie schienen keinen Bezug zu ihrer Enkeltochter zu haben, ein Verhalten, das alles andere als normal für Großeltern war. Trotzdem zeigten sie sich überzeugt davon, dass sie Hanna nun mit nach Frankfurt nehmen und großziehen würden. Aber warum? Aus Liebe zu dem Mädchen bestimmt nicht, denn sie dürften wohl kaum darüber nachgedacht haben, ob ihr Vorhaben überhaupt gut für Hanna war. Ich vermutete nur einen Besitzanspruch dahinter – Hanna war für sie das bereits erwähnte Möbelstück. Ferner erschreckte es mich, wie selbstverständlich es den beiden erschien, die Kleine mitnehmen zu dürfen. Mir war inzwischen klar, dass sie sich nicht für die Gefühle anderer Menschen interessierten, am allerwenigsten für Bens. Trotzdem konnten sie doch nicht so einfach die Rechtslage ignorieren. Ben, Hannas Vater, lebte schließlich noch. Warum also sollte Hanna den Großeltern zugesprochen werden, wo sie doch noch ein Elternteil hatte?

Ich sprach mit Johannes darüber. Er nickte stumm, so lange, dass ich schon glaubte, er wolle gar nicht mehr damit aufhören.

»Darüber habe ich mir auch schon Gedanken gemacht«, kam es plötzlich aus seiner Ecke.

Erleichtert konstatierte ich, dass er seine Sprache nun doch nicht verloren hatte, obwohl wir mittlerweile genügend Gründe für eine Sprachlosigkeit gehabt hätten.

»Weißt du«, setzte ich an, »allmählich frage ich mich, ob

sie einfach so von sich eingenommen und machtverwöhnt sind, dass es ihnen überhaupt nicht in den Sinn kommt, jemand könnte sich ihnen in den Weg stellen. Oder, und das wäre noch wesentlich schlimmer, sie haben tatsächlich einen Grund zu glauben, das Recht wäre in diesem Fall auf ihrer Seite.«

Johannes hob langsam den Kopf und sah mich erschrocken an. »Diese Idee ist mir bis jetzt nicht gekommen. Du meinst, Ben Jansen ist vielleicht nicht Hannas leiblicher Vater?«

Ich zog die Schultern nach oben und deutete mit einer Geste an, lediglich einen Gedanken geäußert zu haben. Ein falscher Gedanke, wie ich hoffte. »Es wäre eine Möglichkeit. Aber wenn dem so ist, dann spielt es zumindest für Vater und Tochter keine Rolle. Bestimmt weiß Hanna nicht einmal etwas davon. Sie schienen nämlich sehr vertraut miteinander zu sein, und Hanna hat ihn, wenn ich mich recht erinnere, mit *Papa* angesprochen. Aber es handelt sich ja auch nur um eine Vermutung, die sich so gar nicht halten lässt. Mir ist lediglich aufgefallen, dass es für die zwei Eisblöcke außer Frage steht, Hanna einfach mitnehmen zu dürfen. Aus irgendeinem Grund denken sie, sie hätten das Recht dazu.«

Wir sahen uns an, nicht besonders erfreut, denn wir wussten beide, was jetzt anstand. Einer von uns musste mit Ben über unsere Vermutung reden.

»Denk bitte nicht, ich würde das auf dich abwälzen wollen. Aber ich halte es für besser, wenn du als Psychologin gehst. Dir hat er sich wenigstens etwas geöffnet, während er mit mir nicht einmal reden wollte. Außerdem bist du eine Frau – aus deinem Mund klingt diese Frage sensibler.«

Ich brachte ein schiefes Lächeln zustande, griff aber dann

nach meiner Tasche und erwiderte: »Was würdet ihr nur ohne uns Frauen tun?«

Er lachte leise auf, und ich freute mich, dass wir in all dieser Tragik wenigstens manchmal zwanglos miteinander umgehen konnten. Gleichzeitig wusste ich, wie wichtig das war, sonst würde uns der Kummer früher oder später auffressen.

»Einen Termin bei einer Psychologin machen«, hörte ich ihn sagen, als ich schon fast draußen war. Er schien auf alles eine Antwort zu haben. Lachend zog ich die Tür hinter mir zu.

Kapitel neun

Auf dem Weg zu unserer Wohnung, wo mein Auto stand, genoss ich die Sonnenstrahlen, die schüchtern hinter den Wolken hervorblitzten, und versuchte, etwas Kraft für meinen bevorstehenden Besuch bei Ben Jansen zu tanken. Es kam mir falsch vor, ihn zum jetzigen Zeitpunkt etwas so Indiskretes zu fragen. Ich dachte darüber nach, ob es überhaupt einen richtigen Moment für solche Gespräche gibt. Wahrscheinlich nicht. Aber es gefiel mir noch weniger, ihn in seiner Situation noch zusätzlich belasten zu müssen. Ich kam mir schäbig vor, als ich das kleine Gartentor seines Grundstücks öffnete und auf das Haus zuging.

Vroni Baumgart, die Nachbarin, öffnete mir die Tür. Mir fiel einmal mehr auf, wie sympathisch die junge Frau mit ihren blonden, nun im Nacken zusammengebundenen Haaren auf mich wirkte. Sie, die die Ärmel ihres karierten, lose über die Jeans hängenden Männerhemdes hochgekrempelt hatte, sah aus wie jemand, der mit anpackte, wenn jemand Hilfe brauchte. Anscheinend hatte sie genau das getan, denn aus dem Haus drangen verführerische Essensdüfte.

»Hallo, kommen Sie doch herein. Wir sind alle in der Küche.« Sie strich sich eine Haarsträhne aus dem Gesicht und trat zur Seite, damit ich eintreten konnte.

»Wie geht es Ben und Hanna heute?«, fragte ich sie.

Eigentlich eine seltsame Frage. Wie soll es einem schon gehen, wenn man gerade das Liebste verloren hat? In einem solchen Fall kann die Antwort kaum *gut* oder *schlecht* sein. Es gibt nur *schlecht und kurz vor dem Zusammenbruch* oder *schlecht und gefasst*. In Bens Fall war es wohl eine Mischung aus beidem. Vroni erzählte, dass er morgens ganz normal aufstand, sich sogar duschte und anzog, ehe er seine Tochter versorgte. Vroni befürchtete jedoch so etwas wie die Ruhe vor dem Sturm, denn er verhielt sich äußerst schweigsam; und auch wenn er dafür sorgte, dass es Hanna an nichts fehlte, so hätte er selbst nichts zu sich genommen, würde Vroni ihn nicht dazu zwingen.

»Ich komme jeden Tag am späten Vormittag vorbei und bereite den beiden das Mittagessen zu. Danach hole ich Julian schnell vom Kindergarten ab, das sind ja zu Fuß nur zwei Minuten von hier, müssen Sie wissen. Ich bleibe über die Mittagszeit hier und wir essen mit den beiden, bevor wir schließlich wieder zu uns nach Hause gehen.«

Ich hörte ihr aufmerksam zu und dachte, wie gut es doch sein musste, solche Nachbarn und Freunde zu haben. Inzwischen hatte sie die Haustür hinter mir geschlossen. Mitten im Flur stehend, bedeutete sie mir nun, meine Jacke einfach auf die Treppe zu legen.

Sie erzählte weiter: »Ich fühle mich nicht ganz wohl in meiner Haut bei der ganzen Sache, zumal ich weiß, dass Ben niemanden sehen will; und ich kann mir gut vorstellen, dass man in seiner Situation Gesellschaft einfach unerträglich findet.« Sie senkte den Blick und wischte sich mit dem Handrücken über die Augen. »Er kümmert sich vorbildlich um seine Tochter. Aber sich selbst würde er völlig vergessen, würde weder essen noch trinken, wenn er den ganzen Tag allein wäre. Ich tue alles, ihn dazu zu überreden. Und ich versuche, nie zu lange zu bleiben, aber er soll auch wissen, dass er nicht allein dasteht. Niemand sollte allein sein, wenn so etwas passiert ist.« Sie hatte immer stockender gesprochen, wobei ihre Stimme immer brüchiger geworden war.

Ich merkte, wie sie mit den Tränen kämpfte. Und erneut wurde mir bewusst, dass Connys Tod ein riesiges schwarzes Loch in das Leben vieler Menschen reißen würde, auch außerhalb ihrer Familie. Vroni kümmerte sich um Ben und sorgte nicht nur dafür, dass er nicht verhungerte, sondern fühlte auch mit ihm, sie kämpfte mit ihm gegen diesen alles zerreißenden Schmerz an. Auch sie hatte jemanden, der ihr lieb war, verloren. Nie wieder würde sie zusammen mit der Freundin so wunderbar banale Dinge tun, wie die Kinder vom Kindergarten abzuholen, gemeinsam eine Tasse Kaffee zu trinken oder ein kleines Grillfest für ihre Familien zu organisieren. Es sind diese alltäglichen Dinge, die man kaum wahrnimmt und schätzt, die Menschen aneinander binden und die man am meisten vermisst, wenn einer plötzlich nicht mehr da ist. Vroni und ihr Mann kümmerten sich liebevoll um Ben und die kleine Hanna, und das war gleichzeitig, auch wenn sie das nicht bewusst so empfinden mochten, eine Möglichkeit, ihre eigene Trauer zu bewältigen. Sie kümmerten sich um diejenigen, die Conny noch nähergestanden hatten als sie selbst, und für die das alles am Schlimmsten war, und stellten damit ihr eigenes Leid hintenan. Vielleicht konnten sie auf diese Weise ihre Trauer wenigstens zeitweise verdrängen. Dieser Verdrängungsmechanismus funktioniert aber nur, solange man sich beschäftigt und nicht nachdenkt oder über das Geschehene spricht.

Vroni hatte eben aber genau das getan, und nun trat ihre

Trauer mit Macht an die Oberfläche; ihr wurde mit einem Mal bewusst, warum sie sich hier aufhielt und weshalb sie und nicht Conny sich um das Mittagessen für Ben und Hanna kümmerte. Sie schlug die Hände vors Gesicht, und ich sah, wie ihr ganzer Körper unter den Schluchzern bebte. Eine Zeit lang sagte ich nichts, stand nur bei ihr und streichelte ihr übers Haar. Obwohl es nur eine Minute dauerte, kam es mir vor wie eine Ewigkeit, wie eine wichtige kleine Ewigkeit voller Tränen, die Vroni brauchte, weil sie nicht immer gleich funktionieren konnte.

»Lassen Sie uns in die Küche gehen«, sagte sie, als sie sich wieder ein wenig beruhigt hatte.

»Weiß Hanna, dass ihre Mutter tot ist?«

»Ja.« Sie nickte und schnäuzte sich. »Das heißt, Ben hat ihr wohl erklärt, dass der liebe Gott die Mama in den Himmel geholt hat, weil er sie oben braucht. Er hat ihr erzählt, dass ihre Mutter etwas Besonderes ist und deshalb jetzt wichtige Dinge zu tun hat, wie zum Beispiel auf die Menschen aufzupassen. Ich weiß beim besten Willen nicht, woher er die Kraft nimmt, jetzt auch noch solche Geschichten zu erfinden.«

Auch ich fand das bewundernswert. »War sie mit dieser Erklärung zufrieden?«

Sie zuckte mit den Schultern. »Für den Moment schon. Er hat ihr gesagt, ihre Mutter wäre immer bei ihr, auch wenn sie sie nicht sehen könne.«

Hanna wusste natürlich nicht, was es bedeutete, dass ihre Mutter tot war. Woher soll ein vierjähriges Kind das auch wissen? Es kam einem einfach falsch vor, dass ein kleines Kind mit dem Tod konfrontiert wurde. Hanna stellte sich das Ganze wahrscheinlich wie einen Urlaub vor, aus dem ihre Mutter schon zurückkehren würde, wenn sie nur erst ihre Aufgaben als »Engel auf Zeit« erledigt hätte. Der Schock würde erst noch kommen. Aber es war gut, dass das noch ein wenig dauern würde und Ben bis zu diesem Tag noch Kräfte sammeln konnte. Vielleicht hatte sich bis dahin auch die unsägliche Geschichte mit seinen Schwiegereltern erledigt. Ich hoffte es von ganzem Herzen. Denn wenn Hanna erst einmal begriff, dass ihre Mutter nicht mehr wiederkommen würde, würde sie Bens ganze Kraft und Liebe brauchen, um damit fertig zu werden. Eiseskälte und Lieblosigkeit würden ungeahnte Zerstörungen in dem kleinen Mädchen hinterlassen.

Ich fürchtete mich, in die Küche zu gehen und Ben und seiner Tochter unter die Augen zu treten. Ich hatte Angst davor, dieses schreckliche Thema um seine Schwiegereltern anzuschneiden. Aber ich wusste, je früher ich die Wahrheit kannte, desto schützender konnte ich mich vor sie stellen. Und es kam mir wie ein Zwang vor – ich wollte sie vor allen bösen Mächten abschirmen.

Kapitel zehn

Als ich die Küche betrat, wirkten sie für einen winzigen Moment fast wie eine normale Familie. Ben und Hanna saßen an dem kleinen Esstisch, vor sich jeder einen Teller mit Schnitzel, Kartoffeln und Spargel. Mir ging durch den Kopf, dass Niklas und ich in diesem Jahr noch kein einziges Mal Spargel gegessen hatten, obwohl wir ihn beide so liebten. Ich würde gleich nach Feierabend welchen besorgen, und wir würden ihn heute Abend mit zerlassener Butter und rohem Schinken genießen. Augenblicklich schämte ich mich für diese Gedanken. Wie konnte ich jetzt nur an Essen und Genuss denken, wo ich doch gerade nur trauernde Menschen vor mir hatte? Ich schob den Gedanken beiseite und versuchte, mich wieder auf meine Arbeit zu konzentrieren.

Ben schnitt gerade das Fleisch für Hanna in kleine Stücke. Ihr schien die Katastrophe noch immer nicht bewusst zu sein, denn es war offensichtlich, dass sie großen Hunger hatte und sich auf das Essen freute. Unwillkürlich musste ich lächeln. Es war so schön, wenn sich ein Kind über etwas freute, und ich war froh, dass Hanna ihren Appetit nicht verloren hatte. Iss, so viel du kannst, meine Kleine, dachte ich, du wirst noch viel Kraft brauchen, und verlerne nicht, dich zu freuen, denn dein Leben soll trotz allem nicht traurig sein. Während sich Ben mit ihrem Fleisch beschäftigte,

fütterte sie hingebungsvoll die Puppe Isabella, die sie sorg-
fältig neben sich auf der Eckbank platziert hatte, mit Kartoffeln. Ben nickte mir kurz zu. Da Hanna völlig in ihr Spiel
versunken war, bemerkte sie mich gar nicht. Man hätte
glauben mögen, dass es sich hier um ein harmonisches
Vater-Tochter-Essen handelte und die Mutter nur für ein
paar Stunden mit einer Freundin zu einem Stadtbummel
aufgebrochen war, um bald wieder zurückzukehren. Aber
sie würde nicht mehr wiederkommen, und es war auch kein
harmonisches Mittagessen, sondern der verzweifelte Versuch, sich irgendwie am Leben zu halten.

»So, Hanna, jetzt musst du aber auch selbst etwas essen,
sonst wird alles kalt«, holte Ben seine Tochter ins wirkliche
Leben zurück.

Die Kleine tat wie ihr geheißen, jedoch nicht ohne ihrer
Puppe hin und wieder ein imaginäres Stück Fleisch in den
Mund zu schieben.

»Du bist eine gute Puppenmama«, sagte ich zu ihr, und
in diesem Augenblick nahm sie mich erst wahr.

Zum Glück erinnerte sie sich an mich und setzte mit
wichtiger Miene zu einer Erklärung an. »Mama sagt, wenn
ein Kind nichts isst, kann es nicht groß und stark werden.
Deshalb passe ich auf, dass Isabella schön isst.«

Sie sprach von ihrer Mutter in der Gegenwart, rechnete
also fest mit ihrer Rückkehr. An den Moment, in dem sie
das wahre Ausmaß begreifen würde, wagte ich gar nicht
zu denken. Ben warf mir einen kurzen schmerzerfüllten
Blick zu und wandte sich dann betont konzentriert seinem
eigenen Teller zu.

»Setz dich doch!«, forderte er mich auf, ohne aufzusehen.
Er schob mit seiner Gabel die Kartoffeln von einer Seite zur
anderen, ohne etwas zu essen.

Ich fühlte mich wie ein Eindringling, der noch Salz in die Wunde streute. Gleichzeitig war mir bewusst, dass ich Ben gewisse Fragen stellen musste, wenn wir bei der Suche des Mörders weiterkommen wollten. Und wir mussten ihn finden, denn sonst würde Ben niemals seine Ruhe finden. Außerdem wollte ich, dass derjenige, der diese grausame Tat begangen hatte, dafür zur Rechenschaft gezogen wurde, auch wenn es für denjenigen, der Conny und ihrer Familie das angetan hatte, keine gerechte Strafe geben konnte. Und natürlich würde keine Strafe der Welt Conny wieder zurückbringen. Für ihre Familie war sie unwiederbringlich verloren. Aber vielleicht konnte ich wenigstens verhindern, dass alles noch schlimmer wurde.

»Ben«, begann ich, »ich weiß, dass es dir fast unmöglich ist, über die Sache zu reden, aber es gibt etwas, was ich unbedingt wissen muss.«

Er schaute mich fragend an.

»Es ist eine Frage aufgetaucht, die nur du mir beantworten kannst«, erklärte ich. »Es ist sehr wichtig, dass du mir etwas darüber erzählst, damit wir wissen, in welche Richtung wir ermitteln müssen. Vielleicht nach dem Essen, die Kleine sollte nicht dabei sein.«

Ben entgegnete nichts, nickte aber, was ich als Zustimmung auffasste.

Hanna aß mit großem Appetit, wie ich mit einem Lächeln feststellte. Sie wirkte wie ein ganz normales Kind, weder bekümmert noch zerstreut, auch wenn das nur die Ruhe vor dem Sturm war. Sie rutschte auf ihrem Stuhl hin und her, und meine Namensvetterin, die Puppe, saß mittlerweile unbeachtet auf der Eckbank. Anscheinend war Hanna der Meinung, dass sie genug zu essen bekommen hatte. Sie erkundigte sich bei mir, warum ich nichts esse, und wies mich mit strenger Stimme darauf hin, dass auch die Großen etwas zu sich nehmen müssten, nicht nur die Kleinen. In diesem Moment konnte ich mir das Lachen nicht verkneifen, denn kleine Kinder sind so furchtbar logisch und sagen immer, was sie denken. Ich konnte nicht umhin, ihr recht zu geben, erklärte ihr aber, dass ich mittags nicht viel Zeit zum Essen hätte und deshalb immer abends kochen würde. Das schien sie zufriedenzustellen.

Ben nahm sie in den Arm, was sie sichtlich genoss, und sagte zu ihr: »Hör mal, kleine Maus, die große Isabella und ich müssen uns unterhalten. Möchtest du mit der kleinen Isabella in dein Zimmer gehen und spielen? Danach gehen wir beide dann mit dem Puppenwagen spazieren, einverstanden?«

Es war offensichtlich, dass Ben und Hanna eine sehr innige Beziehung hatten, und bei dem Gedanken, Connys Eltern könnten ihm seine Tochter entreißen, packte mich ein kalter Schauer. Hanna jedenfalls hielt den Vorschlag ihres Vaters für einen fairen Deal und zog ohne weitere Diskussionen von dannen. Sie war ein gut erzogenes Kind, und das sagte ich Ben auch.

»Das ist alles Connys Verdienst. Sie hat immer großen Wert darauf gelegt, dass Hanna auf uns hört und sich gut benimmt. Und Hanna ist noch nie negativ aufgefallen. Sie war immer sehr ausgeglichen und zufrieden. Aber das dürfte jetzt wahrscheinlich vorbei sein. Wie sollte sie auch jemals wieder richtig glücklich sein? Ihre Mutter wurde umgebracht.«

Ich verstand. Das hier war eine wirklich intakte Familie gewesen, nicht nur nach außen, sondern tatsächlich. Was jedoch mit ebendieser Familie in der nächsten Zeit passieren würde, vermochte ich nicht vorauszusagen. Während meines Studiums hatte ich gelernt, dass die Menschen in solchen Situationen sehr unterschiedlich reagieren. Manche kamen mit der Zeit irgendwie damit klar, während andere total den Halt verloren. So oder so war das große Familienglück zerstört.

Ben wartete, bis Hanna nach oben in ihr Kinderzimmer stiefelte, dann schloss er die Küchentür. Er bot mir etwas zu trinken an, was ich dankend annahm. Nicht aus Durst, sondern weil ich mich dann während unseres Gesprächs an etwas festhalten und damit meine Nervosität bekämpfen konnte. Ben, der sich mittlerweile wieder gesetzt hatte, wartete ab. Irgendwann musste ich es hinter mich bringen, warum also nicht jetzt? Also nahm ich meinen ganzen Mut zusammen. »Ben, deine Schwiegereltern sind in der Stadt.«

Ich wartete auf seine Reaktion, die allerdings zunächst ausblieb. Langsam fuhr er sich mit den Händen über das Gesicht, als könnte er so diesen Albtraum einfach abstreifen.

»Es war mir klar, dass sie nicht lange auf sich warten lassen würden. Auch ohne eine Mitteilung meinerseits. Woher wissen sie überhaupt, was passiert ist?«

Ich ließ das Gespräch mit diesen beiden unangenehmen Menschen nur ungern Revue passieren. Schon allein der Gedanke an sie ließ mich frösteln.

»Im Grunde wissen sie nur, dass Conny nicht mehr lebt. Die Einzelheiten schienen sie nicht zu interessieren. Was uns natürlich sehr wundert. In Connys Handy war ihre Telefonnummer unter dem Stichwort ›Mutter‹ eingespeichert. Wir hielten es für besser, sie als ebenfalls nahe Angehörige zu verständigen. Zum einen weil wir dachten, sie hätten als Eltern das Recht auf Information, zum anderen aber brauchen wir auch ihre Aussage. Hätten wir gewusst, wie schlecht euer Verhältnis tatsächlich ist, hätten wir damit freilich noch ein paar Tage gewartet und dich natürlich vorher darüber informiert. Wir waren selbst erschrocken, als sie dann aufgetaucht sind und wie sie sich verhalten haben. Es tut mir wirklich leid.«

Ben lachte bitter auf. »Wahrscheinlich haben sie den Spieß einfach umgedreht und euch verhört. Das beherrscht mein Schwiegervater bis zur Perfektion. Ein Ronaldo Reichert gibt das Zepter niemals aus der Hand. Er will Herrscher über alles und jeden sein.« Er wirkte gequält, was ich durchaus verstehen konnte. »Und was er nicht beherrschen kann, zerstört er mit einer Gewalt, wie es nicht einmal ein Feuer oder ein Orkan könnte«, fügte er leise hinzu.

Und das nahm ich ihm ohne Weiteres ab. Ich hatte mich selbst davon überzeugen können. Ich erzählte ihm, dass seine Schwiegereltern Hanna mit zu sich nach Frankfurt nehmen wollten, und auch hier zeigte er sich wenig überrascht. Da fiel mir ein, dass er so etwas bereits angedeutet hatte, bevor seine Schwiegereltern überhaupt in Bad Tölz aufgetaucht waren. Ich beschloss, ihn nicht sofort darauf anzusprechen, sondern erst einmal den weiteren Verlauf des Gesprächs abzuwarten. Und obwohl er mit dieser Reaktion der Reicherts gerechnet hatte, stand in seinen Augen nun Panik, weil ihm jemand sein Kind wegzunehmen gedachte. Obwohl man mitunter genau weiß, dass eine bestimmte Sache auf einen zukommen wird, so schützt es dennoch nicht vor dem Entsetzen, das einen ergreift, wenn die Situation wirklich eintritt. Das geschah in diesem Moment auch mit Ben, und mein Mitgefühl für ihn war grenzenlos. Erst verlor er seine Frau samt ungeborenem Kind, und dann wollte ihm auch noch jemand seine Tochter wegnehmen, und damit alles, was ihm noch geblieben war.

Es fiel mir schwer, das Gespräch fortzuführen und die entscheidende Frage zu stellen, aber mir blieb nichts anderes übrig. Ich musste es wissen, schon allein deshalb, weil man Ben und Hanna so besser schützen konnte.

»Ben«, begann ich zögerlich, »als mein Kollege und ich mit deinen Schwiegereltern gesprochen haben, ist uns etwas aufgefallen: Sie haben nicht gefragt, was sie tun müssen, um das Sorgerecht für Hanna zu bekommen, sondern scheinen einfach davon auszugehen, dass das Kind von jetzt an bei ihnen leben wird. Sie waren sich ihrer Sache so sicher. Wir haben uns natürlich gefragt, ob es einen bestimmten Grund dafür gibt.«

Ich hoffte, dass Ben von sich aus erzählen würde, wenn es denn etwas zu erzählen gab. Daher hielt ich kurz inne und schaute ihn gespannt an, auf eine Reaktion wartend. Er lachte wieder einmal bitter auf. Ein Lachen, das keins war.

»Connys Eltern sind sich ihrer Sache immer sicher. Sie brauchen keinen Grund dafür. Es genügt ihnen, Reichert zu heißen und aus Frankfurt zu kommen. Und das sollte auch anderen genügen, um sich ihnen zu unterwerfen. Dass sich ihnen jemand in den Weg stellen könnte, daran denken sie nicht einmal. Warum auch? Mit ihrer furchteinflößenden Art haben sie bis jetzt alles erreicht, was sie wollten. Fast alles.«

Jetzt wurde es interessant. Aber Ben schien nicht weitersprechen zu wollen.

Also musste ich nachhaken. »Was meinst du damit? Dass sie fast alles erreicht haben? Bei welcher Sache konnten sie sich nicht durchsetzen?«

Ben saß regungslos auf der Eckbank und blickte ins Leere, während er sich auf seine Unterlippe biss. Ich befürchtete schon, er würde sich erneut von seiner Umwelt abkapseln und das Gespräch beenden. Aus diesem Grunde musste ich verhindern, dass er sich in sein Schneckenhaus zurückzog und somit für mich unerreichbar wurde. Ein letztes Mittel sah ich nun darin, ihn herauszufordern, auch auf die Gefahr hin, dass er sich einmal mehr verletzt und angegriffen fühlte und dann jedes weitere Gespräch ablehnen würde. Jetzt galt das Alles-oder-Nichts-Prinzip.

»Weißt du, wir haben uns gefragt, ob vielleicht ein anderer Mann Hannas Vater ist. Ich meine, ihr biologischer Vater.«

Bens Kopf fuhr blitzschnell zu mir herum, und die Stille zwischen uns hatte mit einem Mal etwas Bedrohliches.

»Warum fragst du so etwas? Warum machst du das?« Er war laut geworden. Nach der Lethargie, in der er sich in den letzten Tagen befunden hatte, kam mir seine Reaktion jetzt wie ein richtiger Ausbruch vor.

»Ben, ich wollte dich keineswegs kränken oder deine Familie infrage stellen. Ich weiß, dass du Hannas Vater bist. Daran besteht kein Zweifel. Die Frage ist nur: Bist du auch ihr leiblicher Vater?«

»Natürlich bin ich das!« Er wirkte fahrig und regte sich jetzt wirklich auf. Es sah ganz so aus, als hätten Johannes und ich mit unserer Vermutung ins Schwarze getroffen.

Ich erklärte ihm noch einmal, dass die Reicherts aus irgendeinem Grund davon ausgingen, dass sie einen Anspruch auf Hanna hätten. Selbst wenn sie die Meinung vertraten, wonach sich stets jeder nach ihren Wünschen zu richten hatte, hätten sie anders reagiert. Dann hätten sie von

Anwälten und Mitarbeitern des Jugendamts gesprochen, die schon beweisen würden, dass Ben nicht in der Lage wäre, Hanna zu erziehen. Oder aber sie hätten es vorher auf die sanfte Art versucht. Mit Geld vielleicht. Oder sie wären mit dem Vorwand angekommen, sich nach dieser Tragödie mit ihm versöhnen und ihm behilflich sein zu wollen. Sie hätten ihm vorgeschlagen, Hanna vorübergehend zu sich zu nehmen, um ihn zu entlasten. Dann hätten sie schon dafür gesorgt, ihm das Kind zu entfremden, und ehe sich Ben versah, hätte er einen Sorgerechtsstreit am Hals, den er natürlich haushoch verlieren würde. Seine Schwiegereltern hätten schon genügend manipulierte Zeugen und gerissene Anwälte aufgetrieben.

Es hörte sich an wie ein Horrorszenario, aber nach meiner Einschätzung wäre die Sache genau so abgelaufen. War sie aber nicht. Und das gab uns zu denken.

Das sagte ich ihm auch. Ben war inzwischen völlig in sich zusammengesunken, seine Augen blickten trüb auf den Tisch.

»Ben, wenn deine Schwiegereltern irgendeinen Grund dafür haben, sich so sicher zu fühlen, dann musst du mir das sagen. Sie haben nicht vor, sich Hannas wegen mit dir abzustimmen. Sie haben einfach entschieden. Sie rechnen nicht wirklich mit deiner Gegenwehr. Und genau das könnte ihnen das Genick brechen. Wenn du mir jetzt sagst, was es zu sagen gibt, dann sind wir ihnen einen Schritt voraus. Und ich werde mich mit aller Kraft dafür einsetzen, dass dir niemand deine Tochter wegnimmt. Als betreuende Psychologin in diesem Fall hat meine Einschätzung auf jeden Fall Gewicht. Aber du musst mir sagen, was du weißt. Und denk immer daran, ich steh auf deiner Seite«, schloss ich meinen Monolog.

Einen Moment herrschte Stille, das Gesagte hing im Raum und wollte eingeordnet werden.

»Einverstanden«, sagte er endlich, »reden wir.«

Kapitel elf

Es war bereits sechs Uhr abends, als ich ins Büro zurück-kam. Was Ben mir gerade erzählt hatte, konnte uns auf jeden Fall ein gutes Stück weiterbringen. Er hatte zunächst sehr stockend und zögerlich gesprochen, aber dann war alles aus ihm herausgebrochen. Das Gespräch ähnelte in meinen Augen einem Befreiungsschlag. Nun musste ich Johannes und Gregor darüber berichten, und es galt zu überlegen, wie wir weiter vorgehen wollten. Dass Ben mir bestätigt hatte, was ich gestern in den Raum gewor-fen hatte, eröffnete neue Perspektiven für unsere Ermitt-lungen. Allerdings stellte es nicht nur eine Chance für uns dar, sondern machte die Situation für mich als Psychologin und vor allem für Ben als Vater erheblich schwieriger. Ich wusste nicht, welche rechtliche Handhabe Ben oder seine Schwiegereltern hatten, aber es würde nicht mehr nur um die Aufklärung des Mordes an Conny Jansen gehen, sondern unweigerlich auch auf einen Sorgerechtsstreit hi-nauslaufen. Ronaldo und Leonore Reichert würden um ihr vermeintliches Recht mit allen Waffen kämpfen, die ihnen zur Verfügung standen, was wahrscheinlich nicht wenige waren. Wenn ich an die Konsequenzen für Ben und die kleine Hanna dachte, drehte sich mir der Magen um. Und es zerriss mir das Herz, wenn ich mir vorstellte, dass Hanna von ihrem Vater getrennt werden könnte. Ihr Vater. Das war Ben ohne Zweifel. Er kümmerte sich liebevoll um sie, sie vertraute ihm bedingungslos. War es nicht das, was eine Eltern-Kind-Beziehung ausmachte? Konnte die Tatsache, dass ein anderer Mann das Kind gezeugt hatte, unter Umständen eine höhere Gewichtung haben? Das konnte ich mir einfach nicht vorstellen.

Ich wurde jäh aus meinen Gedanken gerissen, als die Tür sich öffnete und meine beiden Kollegen ins Zimmer kamen. Sie machten einen gestressten Eindruck, rangen sich aber ein müdes Lächeln ab, als sie mich hinter meinem Schreibtisch sitzen sahen. Bestimmt sah ich genauso mitgenommen aus. Wir drei mussten schon ein komisches Bild abgeben. Müde und erschöpft, als ob wir schon seit Tagen körperlich harte Arbeit verrichten müssten. In diesem Fall hätten wir uns wenigstens an dem Geleisteten erfreuen können. Stattdessen schienen wir uns in einem nicht enden wollenden Albtraum zu bewegen. Am liebsten wäre ich nach Hause gegangen, um mich von Niklas bekochen zu lassen und dieses ganze Drama für ein paar Stunden zu vergessen. Doch ein kurzer Austausch musste noch sein.

Johannes und Gregor ließen sich jeder auf einen Stuhl fallen.

»Gibt es bei dir etwas Neues?«, erkundigte sich Gregor, wobei ich ihn kaum verstehen konnte, da er gähnte, während er sprach.

»Das kann man wohl sagen«, erwiderte ich. »Johannes und ich haben mit unserer Vermutung leider voll ins Schwarze getroffen.«

Mit einem Schlag waren die beiden wieder hellwach.

»Du meinst die Sache mit der Vaterschaft?«

Ich nickte. »Genau.«

Gregor stand auf und ging im Zimmer auf und ab, während Johannes mich bat, ihnen die Details zu erzählen. Also gab ich wieder, was Ben mir erzählt hatte.

»Als Ben Conny kennenlernte, lebten sie noch in Frankfurt. Er arbeitete dort bei einer großen Gärtnerei, weil er sich auch einmal außerhalb des elterlichen Betriebs umsehen wollte, und Conny studierte noch Germanistik und Kunstgeschichte. Eines Tages ging sie in die Gärtnerei, um ein großes Blumenbouquet als Tischdekoration zu bestellen. Sie fanden Gefallen aneinander, trafen sich einige Male, gingen spazieren und verliebten sich. Als ihre Eltern das mitbekamen, versuchten sie mit allen Mitteln, die Beziehung zu sabotieren. Verboten ihrer Tochter, sich mit Ben zu treffen, ließen sie nicht ans Telefon, wenn er anrief, und so weiter. Das volle Programm eben. Der Grund: Sie hatten bereits einen anderen Mann für Conny auserkoren, natürlich einen standesgemäßeren als Ben, den Gärtner. Nichtsdestotrotz trafen sich Conny und Ben weiterhin, was natürlich heimlich geschehen musste. Conny, zu dem Zeitpunkt zwar längst volljährig, traute sich jedoch nicht, sich offen gegen ihre Eltern aufzulehnen.

Ich holte Luft, was Gregor dazu nutzte, eine seiner manchmal recht sarkastischen Bemerkungen zu machen. »Klingt nach einem kitschigen Liebesroman, in dem sie sich am Schluss doch kriegen.«

Ich nickte, ehe ich mit meinen Ausführungen fortfuhr. »So weit ja. Aber wir wissen alle, dass es kein Happy End gab, jedenfalls nicht für Ben und Conny. Der wirklich tragische Teil kommt erst noch. Natürlich kam es irgendwann ans Tageslicht, dass Conny sich dem Verbot ihrer Eltern, Ben weiterhin zu treffen, widersetzt hatte. Sie sperrten sie daraufhin mehr oder weniger im Haus ein und brachten sie nur noch mit den Menschen zusammen, die sie für würdig hielten, mit einer Reichert zu verkehren. Dazu gehörte natürlich auch dieser Stefan Bergmann, Spross aus gutem Hause mit vielversprechender Anwaltskarriere. Die beiden Familien kennen sich schon seit Ewigkeiten, die Väter spielen zusammen Golf. Und jetzt kommen wir langsam zu dem Punkt, der die ganze Angelegenheit besonders heikel macht: Conny und Stefan Bergmann waren miteinander liiert, ihre Beziehung ging allerdings in die Brüche, kurz bevor Conny und Ben sich kennenlernten. Bergmann schien das jedoch nie akzeptieren zu wollen, was aber nach Bens Dafürhalten mehr mit gekränkter Eitelkeit als mit Liebe zu tun hatte, schließlich kam die Trennung von Conny. Ihre Eltern unterstützten Bergmanns hartnäckige Bemühungen, wieder mit ihr zusammenzukommen, schließlich wünschten sie ja diese Verbindung. Jedenfalls war Conny bereits schwanger, als sie Ben traf.«

Gregor und Johannes schauten mich verwirrt an.

Letzterer zog die scheinbar logische Schlussfolgerung aus dem, was ich soeben erzählt hatte, indem er sagte: »Aber auch in diesem Fall steht den Reicherts das Sorgerecht nicht automatisch zu. Die kleine Hanna hat neben ihrem eigentlichen Vater Ben Jansen noch einen leiblichen, nämlich Stefan Bergmann.«

Ich fuhr fort: »Das stimmt, jedenfalls inoffiziell.« Ich blickte in jetzt noch ratlosere Gesichter, ließ mich aber nicht beirren. »Ich weiß, langsam nimmt die ganze Sache absurde Züge an, aber ihr werdet sehen, es gibt eine logische Erklärung. Conny hatte gute Gründe, sich von Bergmann zu trennen. Er soll krankhaft eifersüchtig und besitzergreifend sein. Wenn etwas nicht nach seinem Kopf geht, wird er cholerisch und verliert schnell die Kontrolle über sich.

Conny muss regelrecht Angst vor ihm gehabt haben. Einen solchen Mann wollte sie nicht als Vater für ihr Kind.«

Langsam verstanden meine beiden Kollegen.

»Und da haben sie behauptet, es wäre Bens Kind«, meinte Johannes matt.

»Wenn man bedenkt, in welcher Gesellschaft Conny aufgewachsen ist, war das ein sehr mutiger Schritt«, schaltete sich Gregor ein, »denn es muss ja so ausgesehen haben, als wäre sie von einem Kerl zum anderen gehüpft.«

»Diesem Problem ist sie aus dem Weg gegangen, indem sie und Ben Frankfurt zusammen verlassen haben, bevor man ihr die Schwangerschaft ansehen konnte. Und das, obwohl sie sich kaum gekannt haben«, erklärte ich.

Johannes ging im Büro auf und ab wie ein Tiger im Käfig. Langsam schien sich eine Spur abzuzeichnen, und der Gedanke, ein gutes Stück weitergekommen zu sein, machte uns alle irgendwie nervös.

Johannes blieb stehen und sah mich an. »Also haben Conny und Ben Hanna als ihr gemeinsames Kind angegeben und Bergmann als leiblichen Vater überhaupt nicht erwähnt. Sie verschwiegen auch die Schwangerschaft, sowohl Bergmann als auch ihren Eltern gegenüber.«

Ich nickte, bevor ich ihnen noch den Rest erzählte. »Conny hatte geahnt, was sie erwarten würde, wenn ihre Eltern und Bergmann von ihrer Schwangerschaft erfahren hätten. Mit vereinten Kräften hätten sie sie unter Druck gesetzt und so lange Gehirnwäsche bei ihr betrieben, bis sie erschöpft aufgegeben und sich auf eine Ehe mit Bergmann eingelassen hätte. Möglicherweise hätten sie sogar Gewalt angewendet, wer weiß. Die Idee, aus Frankfurt zu verschwinden und Ben als Vater anzugeben, war seine Idee gewesen, wobei er Conny in langwierigen Gesprächen immer wieder davon hatte überzeugen müssen, dass darin ihre einzige Chance auf ein normales und freies Leben lag. Conny hatte sich schwergetan mit dieser Möglichkeit, zum einen wollte sie Ben nicht mit in die Sache hineinziehen, zum anderen hatte sie das Gefühl, sich von einer Abhängigkeit in die andere zu begeben. Zu guter Letzt willigte sie aber ein. Schließlich mussten sie handeln, bevor die Schwangerschaft sichtbar wurde. Sie verließen Frankfurt in einer Nacht- und Nebelaktion, um hier in Bad Tölz das Kind zur Welt zu bringen und einen neuen Anfang zu machen. Ben wurde als Vater des Kindes angegeben, was natürlich niemand infrage stellte. Kurz vor der Geburt haben sie noch geheiratet.

Es hätte alles gut werden können, wenn Reichert die Sache so hingenommen hätte. Aber natürlich lässt jemand wie Reichert niemals etwas auf sich beruhen, wenn es nicht zu seiner Zufriedenheit ausgeführt worden war. Irgendwie spürte er Conny auf und erfuhr von ihrem Kind. Reichert muss Bergmann sofort darüber informiert haben, denn der tauchte unmittelbar nach der Geburt im Krankenhaus auf und forderte Conny nicht nur dazu auf, ihn als rechtmäßigen Vater anzugeben, sondern er stellte sie vor die Wahl: Entweder sie kam zu ihm zurück, oder aber sie würde ihm das Kind überlassen müssen. Conny weigerte sich und behauptete, dass Ben der Vater sei. Mit dieser Behauptung stellte sie es also selbst so dar, als hätte sie Bergmann mit Ben betrogen. Bergmann forderte zwar einen Vaterschaftstest, aber Conny und Ben weigerten sich so empört, dass niemand im Krankenhaus auch nur im Traum daran dachte, Bergmann könne der leibliche Vater sein. Sie hielten ihn eher für nicht zurechnungsfähig. Und da Hanna glücklicherweise Connys Blutgruppe hat, kam niemand auf die Idee, weiter nachzuforschen.«

Gregor schüttelte ratlos den Kopf. »Aber wenn Ben und Conny sich derart vehement gegen Bergmanns Behauptung gewehrt haben und nie ein Vaterschaftstest durchgeführt wurde, wieso ist sich Reichert dann so sicher, dass Ben nicht wirklich Hannas leiblicher Vater ist? Ich meine, der Gegenbeweis wurde nie erbracht, oder?«

Ich gab weiter, was Ben mir noch erzählt hatte. »Eine geschwätzige Krankenschwester auf der Entbindungsstation hatte, ohne nachzudenken, am Telefon Auskunft über Hannas Gesundheitszustand gegeben, nachdem die Anruferin sich als Hannas Großmutter vorgestellt und bedauert hätte, dass sie Conny und das Baby aus gesundheitlichen Gründen nicht besuchen könne. Dann erkundigte sie sich, ob mit Hanna alles in Ordnung sei, welches Gewicht und welche Größe sie bei der Geburt gehabt habe. Die Schwester dachte sich nichts dabei und erzählte Conny von dem Anruf. Schließlich hatte Conny kein Telefon auf ihrem Zimmer haben wollen, und daher erschien es ihr nicht weiter ungewöhnlich, dass eine frischgebackene Großmutter die Schwestern um Informationen bat, wenn sie denn schon nicht ihre Tochter und ihr Enkelkind sehen konnte. Erst als Conny äußerst wütend darauf reagierte, dass man im Krankenhaus offenbar jedem, den es interessierte, Auskunft über sie erteilen würde, wurde der Schwester klar, dass sie nicht ganz richtig gehandelt hatte. Aber da war es schon zu spät. Die Reicherts konnten schließlich rechnen, und so bekamen sie heraus, dass Conny bereits während der Beziehung zu Bergmann schwanger geworden sein musste. Und dass ihre Tochter nicht zweigleisig gefahren und das Kind tatsächlich Bergmanns Kind war, wussten sie, weil sie Conny fast ständig von einem Hausangestellten hatten beobachten und beschatten lassen. Sie waren also stets bestens darüber informiert, mit wem sich ihre Tochter traf. Ben Jansen schied daher definitiv als Erzeuger aus. Bergmann rieb den beiden dieses Wissen unter die Nase, als er sie im Krankenhaus unter Druck setzen wollte.«

So weit ging meine Berichterstattung. Danach schauten wir uns eine Weile schweigend an. Unsere Gedanken gingen in dieselbe Richtung. Langsam, aber sicher schienen sich die verschiedenen Puzzleteile zusammenzufügen. Wir wussten, dass uns noch einige Teile fehlten, um das Puzzle komplett zu machen. Aber wir hatten einen Anfang. Bergmann besaß ein starkes Motiv.

»Lasst uns morgen weitermachen«, schlug Johannes vor und rieb sich die Augen.

Er war nicht der Einzige, der müde war. Auch ich wollte nach Hause: zu meinem Mann, auf unseren Balkon, in mein Bett. Zu den Orten, wo ich ein wenig Ruhe finden konnte.

Kapitel zwölf

Erleichtert, nach diesem Tag das Büro verlassen zu können, trat ich in den lauen Sommerabend hinaus. Ich lief die Marktstraße hinunter und blieb dann eine Weile auf der Isarbrücke stehen, betrachtete das Wasser, das still und harmlos vor sich hin plätscherte und dessen Farbe ständig zwischen hellgrün und türkis wechselte. Die Isar war mit ein Grund dafür, warum ich Bad Tölz so liebte. Wann immer ich meine Gedanken ordnen musste, zog es mich zum Fluss. Niklas ging es ähnlich. Manchmal spazierten wir den Isarweg entlang, manchmal setzten wir uns auch einfach nur auf eine Bank, blickten ins Wasser und redeten. An der Isar kam ich fast immer zur Ruhe. So auch heute. Ich merkte, wie sich ein Stück Zufriedenheit in mir ausbreitete, auch wenn ich die Gedanken an die Arbeit nicht ganz zur Seite schieben konnte.

Der Fall machte mir sehr zu schaffen. Niemals hätte ich mir träumen lassen, dass ich, die Familientherapeutin, zu einem Mordfall hinzugezogen würde. Als ich mich für diesen Beruf entschied, war mein Motiv der Wunsch, zerrütteten Familien wieder neue Wege aufzeigen zu können. Aber in diesem Fall hatte ich es mit einer Familie zu tun, die nicht zerrüttet, sondern zerstört worden war, und zwar auf eine Art, die kein Zurück und keine Wiedergutmachung mehr erlaubte. Wie sollten die Wunden der kleinen Hanna und ihres Vaters jemals wieder heilen? Ich konnte mir kaum vorstellen, dass sie überhaupt jemals wieder heilen würden. Was konnte ich schon gegen diesen unfassbaren Verlust, diesen vernichtenden Schmerz ausrichten? Wer war ich denn? Jemand, der versuchte, Gott zu spielen? Und der Spruch *Die Zeit heilt alle Wunden* schien mir in diesem Zusammenhang völlig abgedroschen zu sein. Heilte sie auch Wunden wie diese? Ich fühlte einerseits den Zwang in mir, Ben und Hanna zu helfen, andererseits spürte ich jedoch auch diese verflixte Ohnmacht. Mir fiel einfach nichts ein, was ich gegen die Trauer, die Angst und das Unverständnis der beiden dem schmerzlichen Verlust gegenüber ausrichten sollte. Aber vielleicht konnte ich wenigstens dazu beitragen, dass der Mord an Conny bald aufgeklärt wurde. Dann würden sie vielleicht ein wenig innere Ruhe finden und könnten mit der eigentlichen Trauerarbeit beginnen. Wenigstens das.

Als ich durch das Kurviertel lief, kamen mir viele Menschen entgegen. Es war Urlaubszeit, und die Stadt quoll über vor Touristen. Manche hielten ein Eis in Händen, andere hatten sich bei ihrem Partner untergehakt und redeten. Ein junger Mann rannte einem kleinen Kind hinterher, das noch etwas unbeholfen, aber dennoch schnell vor ihm herlief. Ein paar Schritte entfernt lachte die Mutter über dieses Bild. Es wunderte mich immer wieder, wie schnell Kinder, die gerade das Laufen erlernt haben, rennen können. Als ich in die kleine Seitenstraße einbog, in der unsere Wohnung lag, dachte ich wieder einmal, was für ein Glück wir mit unserem Domizil doch hatten. Wir wohnten mitten im Zentrum, aber dennoch sehr ruhig. Die sanierte Landhausvilla, die unsere Dreizimmerwohnung beherbergte, wirkte ein bisschen wie ein kleines Märchenschloss, und ich freute mich jedes Mal aufs Neue, wenn ich dieses Haus betrat. Es passt zu uns.

Niklas saß an seinem Schreibtisch, als ich eintrat.

»Was tust du?«, fragte ich ihn.

Er hob den Kopf, sein dunkelblondes Haar war ein wenig zerzaust, wie immer, wenn er nachdachte. Ich liebte gerade dieses Aussehen besonders. Ich liebte ihn. Das wurde mir in diesem Moment wieder einmal bewusst.

»Ich korrigiere die Maria-Stuart-Aufsätze meines Oberstufenkurses. Es sind ein paar interessante dabei. Aber jetzt bist du ja da.« Er kam auf mich zu, stellte meine Tasche auf den Boden und nahm mich in den Arm.

Es ist seltsam, dass es Menschen gibt, die immer genau zu wissen scheinen, was man braucht, auch ohne Worte. Ich fühlte mich geborgen und spürte, wie ich langsam bereit war, den Tag abzuhaken und den Mordfall ein paar Stunden zu vergessen.

»Wenn du duschen willst, könnte ich in der Zeit etwas zu essen vorbereiten«, murmelte er in mein Haar.

Ich nickte dankbar und machte mich widerwillig von ihm los.

Als ich aus der Dusche trat, konnte ich den Duft von Knoblauch und gedünsteten Pilzen wahrnehmen. Ich wusste sofort, was es zu essen gab, nämlich in Knoblauch gedünstete Pilze mit Brokkoli und wahrscheinlich ein Steak dazu. Ich lächelte und freute mich über mein Glück, einen solchen Mann zu haben. Außerdem merkte ich erst jetzt, wie hungrig ich war. Den ganzen Tag über hatte ich regelrecht vergessen, etwas zu mir zu nehmen. Ich schlüpfte in ein leichtes Sommerkleid und freute mich auf einen Abend mit gutem Essen auf unserer Dachterrasse. Ich wurde nicht enttäuscht.

Als Niklas sich später im Bett an mich schmiegte und ich seinen warmen Atem auf meiner Haut spürte, konnte ich mir durchaus vorstellen, den Mordfall zumindest vorübergehend zugunsten der erfreulichen Seiten des Lebens aus meinen Gedanken zu verbannen.

Kapitel dreizehn

Am nächsten Morgen fühlte ich mich ausgeruht wie schon lange nicht mehr. Ich hatte gut und traumlos geschlafen und war von Sonnenstrahlen, die es geschafft hatten, durch die Holzjalousie zu blitzen, geweckt worden. Ich freute mich über die leuchtenden Kringel, die die Sonne auf unsere Bettdecke malte, und fühlte, dass mir der gestrige Abend mit meinem Mann neue Kraft verliehen hatte. Obwohl ich spät dran war, konnte das meiner guten Stimmung keinen Abbruch tun. Während ich duschte und mich zurechtmachte, kümmerte sich Niklas um das Frühstück. Er hatte es nicht eilig – sein Unterricht begann heute erst zur dritten Stunde. Ein Croissant und einen Milchkaffee später machte ich mich auf den Weg ins Büro. Im Hinblick auf den traurigen Fall, der uns beschäftigte, öffnete ich die Tür fast ein bisschen zu beschwingt, und wenn ich mir meine beiden Kollegen so betrachtete, müde, mit Ringen unter den Augen und resigniert, dann hatte ich fast sogar ein schlechtes Gewissen angesichts meiner guten Laune. Aber ich war froh, dass ich ein wenig Kraft hatte tanken können, denn die würde ich bei diesem Fall noch brauchen.

Gregor hockte vor seinem Computer und suchte nach eventuellen Einträgen über Stefan Bergmann. Reine Routinearbeit. Niemand von uns glaubte ernsthaft daran, wir könnten etwas über Bergmann finden. Ohne ihn kennengelernt zu haben, stand ein genaues Bild vor meinen Augen. Ich stellte ihn mir als aalglatten Typen vor, der anderen Menschen ohne Skrupel Schreckliches antat, ohne dass man es ihm nachweisen konnte. Solche Leute sind am gefährlichsten. Oft auch am grausamsten. Gregor und Johannes vertraten die gleiche Meinung wie ich, und unsere Intuition ließ uns nicht im Stich – wir fanden tatsächlich nichts über ihn. Falls sich Bergmann die Hände schmutzig machte, dann unbemerkt und im Verborgenen. Die schmutzigen Hände blieben sein gemeines Geheimnis.

»Wie gehen wir weiter vor?«, wollte Johannes wissen. Und noch ehe wir darauf etwas erwidern konnten, fuhr er fort: »Es steht außer Frage, dass wir uns mit Bergmann unterhalten müssen. Fragt sich nur, wie wir das angehen wollen. Wenn die Reicherts ihn als idealen Schwiegersohn auserkoren hatten, scheint er das gleiche Kaliber zu sein wie sie: arrogant, herrschsüchtig und eiskalt. Daher müssen wir besonders überlegt vorgehen.«

Gregor und ich nickten zustimmend. Es würde schwierig werden, an ihn heranzukommen. Ich war froh, dass meine Aufgabe bei dem Fall vor allem darin bestand, Ben und die kleine Hanna zu betreuen und dort nach Erkenntnissen zu suchen, die für die Lösung des Falls von Bedeutung sein könnten. Auch wenn es keine erfreuliche Aufgabe darstellte, denn bei jedem Besuch schlug mir ihre Traurigkeit entgegen. Ich spürte Bens Kampf, nicht nur ums Überleben, sondern auch um seine Haltung, da er für Hanna stark sein musste. Und Hanna schien das Ganze zu verdrängen. Sie machte keinen besonders traurigen Eindruck, verhielt sich aber sehr still und beschäftigte sich vor allem mit ihrer Puppe Isabella. Ben hatte ihr inzwischen zu erklären versucht, was mit ihrer Mutter passiert war, aber die Bedeutung schien nicht bis zu ihr vorgedrungen zu sein. Sie war ja auch erst vier Jahre alt.

»Wie soll ich einem vierjährigen Kind den Tod erklären?«, hatte er mich resigniert gefragt.

Jedenfalls wusste Hanna jetzt, dass sich ihre Mutter im Himmel befand und nachts als Stern am Himmelszelt zu sehen war – als schönster und hellster Stern, der blinkte, wenn er Hanna etwas sagen wollte. Hanna schien diese Geschichte zu akzeptieren, aber ich war mir sicher, dass sie die Endgültigkeit nicht wirklich begriff. Für sie befand sich Conny auf einer Art Reise, und das machte mir Angst. Denn sie war schon zu groß, um ihre Mutter mit der Zeit zu vergessen. Und natürlich würde sie sie vermissen und auf ihre Rückkehr hoffen. Da aber diese Erwartung nicht erfüllt werden konnte, würde Hanna sich verlassen fühlen. Ein Gefühl, das Ben zwar auffangen und lindern, aber nicht ganz würde wegwischen können. Nichtsdestotrotz fand ich Bens Geschichte rührend. Sie hatte etwas Tröstliches und gab Hanna das Gefühl, dass sie ihre Mutter nicht ganz verloren hatte. Aber auch wenn ich diese Trauer dauernd zu spüren bekam und nur schwer damit fertig wurde, hatte ich doch den dankbareren Part der Ermittlungsarbeiten erwischt, denn ich konnte zumindest den Menschen, die ein Familienmitglied verloren hatten, von Nutzen sein. Ich konnte an ihrer Seite stehen, ihnen zuhören oder einfach nur mit ihnen schweigen. Ich konnte ihnen bei der Organisation ihres Alltags behilflich sein, was Hannas wegen besonders wichtig war, Ben aber in seiner Situation allein nicht schaffen konnte.

Was Gregor und Johannes leisteten, bewunderte ich. Ständig mussten sie sich mit den unerfreulichen Berichten der Gerichtsmedizin und der Spurensicherung beschäftigen. Aber das war noch nicht das Schlimmste. Besonders frustrierend waren nämlich die Gespräche, die sie mit Leuten wie den Reicherts und jetzt auch Bergmann zu führen hatten. Ich beneidete sie nicht darum. Diese Leute verursachten mir Bauchschmerzen, auch ohne näheren Kontakt zu ihnen halten zu müssen. Wie mochte es da erst meinen Kollegen gehen?

»Hörst du uns überhaupt zu?«, riss Gregor mich aus meinen Gedanken.

»Ich war eben nicht ganz da«, entschuldigte ich mich. »Worum geht es?«

»Wir überlegen gerade, wie wir weiter vorgehen sollen. In erster Linie müssen wir uns diesen Bergmann ansehen, da führt kein Weg daran vorbei«, erklärte mir Johannes.

Nun stellte sich die Frage, wie wir dieses Gespräch in die Wege leiten sollten.

»Warum fährt nicht jemand von euch nach Frankfurt, um mit Bergmann zu sprechen?«, schlug ich vor.

Gregor vertrat eine andere Meinung und begründete sie auch. »Warum bestellen wir ihn nicht einfach her? Ich denke, in einer für ihn fremden Umgebung zeigt er sich vielleicht kooperativer als in seiner vertrauten, wo er quasi ein Heimspiel hat und sich sicher fühlt. Außerdem sollten wir gleich die Verhältnisse klarstellen: Wir bitten ihn nicht um einen Gefallen, sondern wir erwarten, dass er seine Pflicht erfüllt. Um das zu demonstrieren, sollten wir ihm nicht nachlaufen. Wir können es damit rechtfertigen, dass der Mord in Bad Tölz stattgefunden hat und es von daher nur logisch ist, hier vor Ort zu ermitteln.«

Ich schüttelte den Kopf. Obwohl ich Gregors Gedankengang nachvollziehen konnte, war ich mir sicher, damit nur eine Eskalation herbeizuführen. »Er sollte auf keinen Fall herkommen. Sein erster Gang führt ihn dann bestimmt zu Ben und Hanna, und er würde versuchen, sein vermeintliches Recht auf Hanna geltend zu machen. Außerdem darfst du nicht vergessen, dass sich Connys Eltern zurzeit in Bad Tölz aufhalten, was ihm hier in der Fremde auch eine Art Rückendeckung geben würde. Vor allen Dingen müssen wir jedoch an das Kind denken. Hanna weiß nicht, was passiert ist, sie ist noch zu klein, um es zu verstehen. Die ganze Situation mag sie schon genug verwirren, und auch Ben Jansen kommt mir momentan seelisch sehr labil vor. Es kostet ihn seine ganze Kraft, nicht völlig in seiner Trauer zu versinken. Zudem muss er sich um seine Tochter kümmern. Wir dürfen die beiden jetzt nicht mit weiteren Schwierigkeiten belasten. Außerdem müssen wir die Reicherts im Auge behalten. Obwohl wir sie ausdrücklich gebeten haben, sich zunächst von Ben und Hanna fernzuhalten, scheinen mir die zwei nicht so gestrickt zu sein, als würden sie den Bitten anderer Menschen Folge leisten. Also schafft bitte nicht noch jemanden her, der Ben und Hanna belastet und die Ermittlungen erschwert!«

Das leuchtete meinen Kollegen ein. Wir einigten uns darauf, dass Johannes zu Bergmann fuhr, während Gregor so lange die Stellung halten und ich mich weiter um Vater und Tochter kümmern würde. Wir hofften, so die Ermittlungen vorantreiben und den Fall möglichst bald abschließen zu können. Zumindest, was die Polizeiarbeit betraf. Denn erst dann könnten die Betroffenen damit anfangen, den Fall individuell zu verarbeiten. Und auch Ben käme dann zur Ruhe und könnte sich überlegen, wie seine und Hannas Zukunft aussehen würde. Ich hoffte, dass ihm das nach der Lösung des Falls tatsächlich vergönnt war und ihm nicht noch ein Sorgerechtsstreit bevorstand. Was es für ihn und für Hanna bedeuten würde, getrennt zu werden, wollte ich mir gar nicht erst ausmalen.

Kapitel vierzehn

Es schien, als hätten sie förmlich gerochen, dass Johannes für kurze Zeit die Stadt verlassen hatte und sie somit nur noch zwei Personen mit ihrem Willen überfahren mussten. Ronaldo und Leonore Reichert betraten unser Büro, ohne anzuklopfen. Obwohl bei diesen Leuten kein anderes Verhalten zu erwarten war, ärgerte es mich maßlos. Woher nahmen die Reicherts sich nur das Recht, anderen Menschen so unverschämt gegenüberzutreten? Wer waren sie, dass sie sich allen anderen überlegen glaubten? Auch wenn sich der Mord erst vor wenigen Tagen ereignet hatte und wir uns folglich auch erst seit kurzer Zeit mit den Reicherts befassen mussten, standen sie mir schon bis oben hin. Einer jungen Frau war das Leben, einem Mann die Partnerin und einem kleinen Kind die Mutter genommen worden. Aber von Trauer war bei ihnen nichts zu erkennen. Man hatte das Gefühl, sie hätten schon lange keine Tochter mehr und wären nur hier, um ihr vermeintliches Eigentum abzuholen. Dabei schienen sie durch ihre pure Anwesenheit der ganzen Stadt die Luft zum Atmen zu nehmen. Sie benahmen sich so, wie ich mir immer herrschsüchtige Gutsbesitzer vergangener Zeiten vorgestellt hatte, und behandelten ihre Mitmenschen wie Bedienstete, die ihren Anweisungen Folge zu leisten hatten, ohne diese jemals zu hinterfragen. Mir machte diese Situation sehr zu schaffen. Zum einen war ich an so schlimme Dinge wie Mord nicht gewöhnt, zum anderen war mir auch das Auftreten der Reicherts fremd. Dennoch wollte ich ihnen dieses herrische Benehmen nicht durchgehen lassen. Dass ich nach wie vor den Eindruck nicht loswerden konnte, sie hätten – wenn auch indirekt – Schuld an der Katastrophe, stimmte mich ihnen gegenüber nicht wohlgesonnener. Wenn man alles zusammennahm, war es nicht verwunderlich, dass mir der Kragen platzte. Ich sah, fast wie in Zeitlupe, wie Ronaldo Reichert den Mund öffnete und dabei war, ein Wort zu formen, und unterbrach ihn, bevor er sich artikulieren konnte.

»Ich gehe nicht davon aus, dass Sie gerade die Absicht hatten, uns einen Guten Tag zu wünschen. Und bevor Sie jetzt wieder irgendeinen Ihrer Vorwürfe oder Anweisungen in den Raum bellen, lassen Sie mich eines klarstellen: Sie sind hier zu Gast, wenngleich auch aus einem sehr traurigen Anlass. Aus diesem Grunde muss ich Sie auffordern, sich auch dementsprechend zu benehmen.«

Seine Miene verfinsterte sich auf der Stelle. Abermals sah ich ihn seinen Mund öffnen, und wieder ließ ich ihn nicht zu Wort kommen.

»Dazu gehört auch, dass man anklopft, bevor man die Räume fremder Leute betritt. Und ich möchte Sie auf noch etwas hinweisen: Wir sind die Polizei und haben einen Mord aufzuklären. Als Eltern des Mordopfers gehören Sie zu dem Personenkreis, der uns durch wichtige Informationen bei unseren Ermittlungen weiterbringen kann. Das zu tun ist kein Gefallen, den Sie uns eventuell zu erweisen gedenken, sondern Ihre Pflicht. Ja, da staunen Sie«, kommentierte ich seinen erstaunten und wutverzerrten Gesichtsausdruck, »auch Sie haben Pflichten anderer Menschen gegenüber, nicht nur umgekehrt. Also legen Sie bitte Ihr herrschaftliches Gebaren ab und unterstützen Sie unsere Ermittlungen, anstatt sie zu behindern.«

Reicherts Gesicht zeigte inzwischen dunkelrote zornige Züge, während ich das dringende Bedürfnis verspürte, mich hinter meinem Schreibtisch zu verschanzen, um nicht das nächste Mordopfer zu werden. Aber ich riss mich zusammen und hielt seinem Blick stand. Wie es in mir aussah, brauchte er ja nicht zu wissen.

»Ich werde mich bei Ihrem Vorgesetzten über Sie beschweren. Sie werden schneller auf der Straße sitzen, als Sie sich umdrehen können, dafür sorge ich persönlich, verlassen Sie sich darauf. So spricht niemand mit mir.«

In diesem Moment hörte ich ein bitteres Lachen auf der anderen Seite des Raumes. Gregor, der sich bis jetzt ruhig verhalten hatte, erhob sich gerade hinter seinem Schreibtisch. »Ich finde es irgendwie belustigend, dass gerade Sie sich darüber echauffieren, wie man mit Ihnen spricht. Denn abgesehen davon, dass meine Kollegin völlig im Recht ist und etwas gesagt hat, was schon lange überfällig war, ist das noch nichts im Vergleich zu dem Ton, den Sie grundsätzlich Ihren Mitmenschen gegenüber anschlagen. Wenn Sie sich über uns beschweren möchten, nur zu. Unser direkter Vorgesetzter wird ab morgen früh wieder ein offenes Ohr für Ihre Sorgen und Probleme haben, und auch der Staatsanwalt wird Ihnen gern zuhören. Er hat ja nichts Besseres zu tun. Erzählen Sie ihm bei dieser Gelegenheit aber auch, dass Sie unsere Ermittlungen behindern, wo Sie nur können. Denn dieser Punkt dürfte ihn am meisten interessieren.«

Nicht nur Reichert war sprachlos. Auch ich schaute verblüfft drein. Dass gerade er, der immer gleich explodierte, Reichert so beherrscht und souverän in seine Schranken gewiesen hatte, erstaunte mich und rang mir Bewunderung ab – und es machte mich auch ein bisschen stolz auf meinen Kollegen.

Reichert bekam inzwischen kaum noch Luft vor Wut, sagte aber nichts. Seine Frau schwieg ebenfalls, trug aber einen unergründlichen Gesichtsausdruck zur Schau, den ich nicht zu deuten vermochte. Ich erkannte, dass sie es gewohnt war, eine unsichtbare Maske zu tragen und ihre Gedanken und Gefühle dahinter zu verstecken. Trotzdem glaubte ich, in ihren Augen etwas gesehen zu haben. Und das beschäftigte mich noch lange, nachdem sie grußlos das Büro verlassen hatten. Ich wusste nicht, was es war, aber ich wusste, was es nicht war: Gleichgültigkeit.

Kapitel fünfzehn

Was ich in Leonore Reicherts Blick gesehen hatte, ließ mich fortan nicht mehr los. Sich schweigend hinter ihrem Mann haltend, perfekt gekleidet und geschminkt und bemüht, die Contenance zu wahren, hatten ihre Augen zu flackern begonnen. Es war der Blick des Gehetzten, der weglaufen will, aber mit dem Rücken zur Wand steht, während er von vorne bedroht wird. Ihre Maske der Gleichgültigkeit und Härte bröckelte, und das konnte uns einen entscheidenden Schritt vorwärtsbringen. Vielleicht drängte gerade das nach oben, was ich die ganze Zeit bei ihr vermisst hatte, nämlich die Liebe zu ihrer Tochter und die Trauer um diesen Verlust. Ich hatte plötzlich das Gefühl, dass sie mit uns sprechen würde, wenn nur ihr Mann nicht wäre. Die Angst, die er um sich herum versprühte, war greifbar und schien alles und jeden zu vergiften, der sich in seiner direkten Umgebung aufhielt. Hatte ich bislang den Eindruck, seine Frau täte es ihm gleich, so war ich nun vom Gegenteil überzeugt. Sie war nicht seine Komplizin, sondern sein Opfer. Dieser eine Blick hatte mir alles verraten. Wir mussten nur mit ihr alleine sprechen – aber wie sollten wir das bewerkstelligen? Reichert würde alles tun, um ein solches Gespräch zu vereiteln. Denn wenn ich mit meinem Eindruck recht behalten sollte und auch sie sich vor ihm fürchtete, dann konnte sie uns möglicherweise Dinge erzählen, die ihm nicht zum

Vorteil gereichen würden. Natürlich konnte Johannes die separate Unterhaltung mit Leonore Reichert erzwingen. Aber was würde sie uns schon erzählen, wenn sie nach dem Gespräch wieder hinausmüsste zu ihrem Mann? Er würde sie schon entsprechend instruieren, um nicht zu sagen bedrohen, da war ich mir ganz sicher.

Das Einzige, was uns in meinen Augen weiterbringen konnte, waren Informationen über die Beziehungen in der Familie. Zwar hatte mir Ben erklärt, was passiert war, und die persönliche Begegnung mit Connys Eltern hatte seine Erörterungen nur bestätigt, dennoch schien es wichtig zu sein, auch die Perspektive der Eltern zu beachten. Gerade aufgrund ihres absurden Verhaltens mussten wir sie und ihre Beweggründe verstehen lernen – nicht unbedingt, um Verständnis für sie aufbringen zu können. Aber irgendwie spürte ich, dass Connys Eltern und ihre Denkweise unmittelbar mit dem Mord zusammenhingen, auch wenn ich sie nicht vorschnell als Mörder verurteilen wollte. Doch das Machtgehabe und die Kälte der Reicherts hatten etwas mit dem Motiv des Mordes zu tun, da war ich mir sicher. Wie allerdings die Puzzleteile zusammengehörten, konnten wir nur mithilfe der Angehörigen des Opfers herausfinden. Connys Eltern schienen jedenfalls nicht bereit zu sein, die Ermittlungsarbeiten zu unterstützen, wenn auch augenscheinlich aus unterschiedlichen Gründen.

Die einzige Hoffnung, die mir blieb, war, dass mich mein Gefühl nicht getrogen hatte und Leonore Reichert tatsächlich in einem Dilemma steckte, dem sie entfliehen wollte. Dass sie doch ein Gewissen hatte. Dass sie ihre Tochter geliebt hatte. Wenn dem so wäre, würde sie einen Weg finden, uns aufsuchen, ohne dass ihr Mann davon erfuhr. An diesen Strohhalm klammerte ich mich, mein stiller Appell richtete sich an ihren Mut und ihre Mutterliebe. Vorausgesetzt natürlich, sie verfügte darüber. Einerseits ging es mir schon um das Weiterkommen in den Ermittlungen, andererseits hoffte ich aber auch, dass nicht noch mehr zerstört wurde. Wenn sie sich bewusst machte, dass sie nicht nur ihrem Ehemann, sondern auch ihrer Tochter verpflichtet war, würde sie vielleicht einsehen, dass sie ihre Fassade nicht länger aufrechterhalten konnte, falls sie nicht noch mehr Unheil anrichten wollte.

Ihre Tochter war ums Leben gekommen – gab es überhaupt mehr Unheil? Das Geschehene ließ sich an Grausamkeit und Traurigkeit nicht mehr überbieten. Und Connys Tod konnte niemand mehr ungeschehen machen. Aber sie vermochte dafür zu sorgen, dass Ben und Hanna nicht noch mehr ertragen mussten – etwa durch eine Trennung …

Vielleicht griff ich nach einem Strohhalm, aber es schien mir unsere einzige Chance zu sein.

Als ich mit Gregor darüber sprach, bestärkte er mich in meinem Gefühl. Auch ihm war Leonore Reicherts Nervosität aufgefallen.

»Es wäre mit Sicherheit äußerst interessant für uns zu erfahren, warum ihre Maske heute so viele Risse bekommen hat. Die Dame weiß mehr, als sie sagt«, stellte er fest.

Ich warf ihm einen langen Blick zu. »Gregor, Frau Reichert hat uns bis jetzt noch gar nichts gesagt. Das ist ja das Problem. Aber ich hatte auf jeden Fall das Gefühl, dass sie irgendetwas zu sagen hat. Entweder traut sie sich nicht aus Angst vor ihrem Mann oder sie ist sich selbst noch nicht darüber im Klaren, ob sie mit uns reden möchte.«

Plötzlich fiel mir wieder etwas ein, was ich bisher völlig anders und eventuell falsch eingeordnet und deshalb nicht beachtet hatte. Bens Schilderung nach hatte Leonore

Reichert nach Hannas Geburt im Krankenhaus angerufen und sich nach deren Befinden erkundigt, angeblich, weil sie keine Möglichkeit hatte, ihre Tochter und das Baby zu besuchen. Wir waren bisher davon ausgegangen, dass sie das nur getan hatte, um an Informationen zu gelangen. Was aber, wenn sie tatsächlich einfach nur hatte wissen wollen, wie es ihrer Tochter und ihrem Enkelkind ging? Dass sie wegen ihres Mannes keine Möglichkeit hatte, die beiden zu besuchen, erschien mir mehr als glaubhaft. Und es würde mein Gefühl bestätigen, dass ihr Conny etwas bedeutet hatte und sie nun trauerte.

Meine Überlegungen bestärkten mich darin, unbedingt mit ihr alleine sprechen zu müssen. Nur der Weg zu einem Gespräch mit ihr unter vier Augen lag noch im Verborgenen. In meinem Kopf surrte es, während sich meine Gedanken überschlugen. Unruhig tigerte ich im Büro herum. Ich nahm wahr, dass Gregor etwas zu mir sagte, aber seine genauen Worte prallten an mir ab. Und ich wollte sie auch nicht hören, denn meiner Meinung nach konnte in der jetzigen Situation nichts so wichtig sein wie ein Gespräch mit Leonore Reichert. Eilig schnappte ich mir meine Tasche vom Schreibtisch, wobei ich meine noch halb volle Tasse Kaffee umstieß. Sofort bildete sich eine Lache, aber ich nahm mir nicht die Zeit, sie aufzuwischen.

»Ich muss weg, den Grund erklär ich dir später!«, rief ich Gregor noch zu und verließ das Büro, besessen von dem Gedanken, Connys Mutter würde Licht ins Dunkel bringen.

Aus irgendeinem Grund ging ich davon aus, sie würde mit mir sprechen wollen. Ich, die sonst immer alles erst bedenken musste, bevor sie eine Entscheidung traf, handelte dieses Mal, ohne großartig nachzudenken und – vor allem – ohne mich mit meinen Kollegen abgesprochen zu haben. Ich vergaß völlig, dass ich nur im Status einer Familientherapeutin zu diesem Fall hinzugezogen worden war. Zwar bildete ich einen Teil des Ermittlungsteams, aber ich war keine Polizistin. Ich wusste, wie man Menschen helfen konnte, die in persönlichen Schwierigkeiten steckten, ich wusste auch, wie man ihnen neue Wege aufzuzeigen vermochte. Aber ich besaß in den Ermittlungen keinerlei Entscheidungsbefugnis, daher würde mir mein eigenmächtiges Handeln den Ärger meiner Kollegen einbringen. Aber so weit dachte ich in diesem Moment einfach nicht. Ganz in meinen Gedanken gefangen, wusste ich später nicht einmal mehr, wie ich zum Hotel »Alpensonne« gekommen war. Ich musste wohl über die Isarbrücke gehastet sein, ohne die Isar und die Menschen, die sich an ihrem Ufer tummelten, auch nur wahrzunehmen. Das war mir noch nie passiert – dafür liebte ich diesen Blick auf den Fluss viel zu sehr.

So fand ich mich also vor dem Hotel wieder. Gerade wollte ich mich an der Rezeption nach Leonore Reichert erkundigen, als ich sie die Treppe herunterkommen sah. Sie trug einen schwarzen Hosenanzug mit feinen Nadelstreifen und einen cremefarbenen Seidenschal um den Hals. Ich fragte mich, ob sie jeden Morgen den Friseur kommen ließ, bevor sie ihr Zimmer verließ, so perfekt saß ihre Frisur. Aber all das konnte nicht über die dunklen Ringe unter ihren Augen und ihre Blässe hinwegtäuschen. Nachdem sie mich bemerkt hatte, schaute sie sich nervös um, als befürchtete sie, ihren Mann hinter sich zu sehen.

Ich ging sofort auf sie zu und sprach sie an. »Frau Reichert, bitte lassen Sie uns miteinander reden. Es ist wichtig. Nicht nur für mich, auch für Sie, denke ich.« Ich sah sie erwartungsvoll an.

»Ich wüsste nicht, warum ich mit Ihnen sprechen sollte. Zum einen habe ich Ihnen nichts zu sagen, was den Ermittlungen dienlich sein könnte, und zum anderen habe ich nicht vergessen, wie überaus unhöflich Sie sich gestern meinem Mann gegenüber verhalten haben.« Sie erhob ihren Blick über mich, und ich spürte, wie ich angesichts dieser Arroganz schon wieder zu platzen drohte.

»Vielleicht haben Sie uns gestern nicht richtig verstanden, obwohl sich mein Kollege doch eigentlich sehr deutlich ausgedrückt hat. Nicht Ihr Wohlwollen entscheidet darüber, ob Sie uns unterstützen. Es ist Ihre verdammte Pflicht«, schleuderte ich ihr entgegen. Wohl etwas zu laut, denn in der gediegenen Empfangshalle, wo man sich eher in gedämpftem Tonfall unterhielt, drehten sich schon die Leute nach mir um. Das war natürlich nicht das, was ich wollte. Daher versuchte ich es erneut, dieses Mal auf eine andere Art. »Sie wissen, dass ich Familien betreue, die nach plötzlichen Veränderungen in ihrem Leben nicht mehr wissen, wie es weitergehen soll. Die jede Perspektive verloren haben. Und wenn man so viel mit Menschen in Schwierigkeiten zusammenarbeitet wie ich, dann erkennt man, wenn jemand verzweifelt ist. Und ich glaube, das auch bei Ihnen erkannt zu haben. Bitte sprechen Sie mit mir. Ich will Sie nicht schikanieren. Aber es muss doch auch in Ihrem Sinne sein, den Mörder Ihrer Tochter zu finden. Wie wollen Sie denn sonst weiterleben? Wollen Sie nicht irgendwann wieder in den Spiegel schauen können, ohne sich selbst verachten zu müssen?«

Sie senkte den Blick und antwortete, ohne mich dabei anzusehen. »Wie kommen Sie nur auf die Idee, in mich hineinsehen zu können? Finden Sie Ihr Verhalten nicht ein wenig anmaßend?« Ihre Stimme klang kühl, aber wenig überzeugend.

Es war unübersehbar, dass sie ihre gesamte Kraft aufbringen musste, um ihre Fassade aufrechtzuerhalten. Wenigstens jetzt meldete sich mein Verstand zurück, und ich erkannte, dass ich bei ihr nicht weiterkommen würde. Nicht jetzt und nicht hier. Ich war nach wie vor davon überzeugt, dass ihr etwas zu schaffen machte, was sie verschwieg. Aber sie schien nicht darüber reden zu wollen. Anscheinend war ihr die Aufrecherhaltung ihrer heilen Welt wichtiger als die Aufklärung des Mordes an ihrer Tochter und das Wohlergehen ihres Enkelkindes.

Ohne nachzudenken, hatte ich dieses Mal gehandelt und mich total verschätzt. Wie ein geprügelter Hund schlich ich zurück zum Polizeipräsidium, ständig Leonore Reicherts cremefarbenen Seidenschal vor Augen, der ihr in seiner Eleganz die Luft abzuschnüren schien.

Kapitel sechzehn

Als ich ins Büro zurückkam, saß Johannes bereits wieder an seinem Schreibtisch. Ich begrüßte ihn und erkundigte mich, wie die Fahrt gewesen sei, auch nach dem Hotel, in dem er für die eine Nacht untergebracht war, fragte ich. Seine Antworten fielen denkbar knapp aus, während seine Stimme die Worte hervorpresste. Die wesentliche Frage, nämlich ob er Stefan Bergmann angetroffen und mit ihm gesprochen hatte, ließ ich bewusst erst einmal außen vor, denn ich wusste, dass er mir vorher eine gehörige und leider wohlverdiente Abreibung verpassen würde. Es herrschte ziemlich dicke Luft, anscheinend zu dicke Luft, denn Gregor verließ den Raum mit dem Kommentar, er wolle etwas zu essen für die Mittagspause besorgen. Dafür war ich ihm dankbar, denn es ist nicht sonderlich schön, eine Standpauke unter Zeugen zu bekommen. Ich hasse diese Momente, in denen man weiß, dass der andere wütend auf einen ist, aber noch nichts sagt, sondern einen erst einmal im eigenen Saft schmoren lässt. Poltert das Gewitter erst einmal los, dann empfinde ich das als weitaus weniger schlimm.

Deshalb trat ich die Flucht nach vorne an. »Ich weiß, dass ich einen Fehler gemacht habe, und es tut mir leid. Ich wollte bestimmt nichts ohne dein Einverständnis tun, aber du warst nicht da, und ich hatte das Gefühl, uns laufe die Zeit davon.«

Johannes erwiderte erst einmal nichts, während ich wie ein Häufchen Elend dasaß und hoffte, dass er sich endlich dazu äußern würde. Vielleicht hoffte ich sogar auf ein wenig Verständnis. Aber ich ahnte, dass er das nicht würde aufbringen können – mit Recht. Er saß mir direkt gegenüber an Gregors Schreibtisch und zog mit dem Finger hochkonzentriert die Ränder der Schreibtischunterlage nach.

Endlich hob er den Kopf und sah mich an. »Isabella, dass ich nicht an Ort und Stelle war, gibt dir noch lange nicht das Recht, derart eigenmächtig zu handeln. Eigenverantwortlichkeit ist wichtig bei allen Ermittlungen, aber es gibt Dinge, die muss man vorher absprechen. Ich hätte das weniger als dein Vorgesetzter denn als dein Kollege erwartet. Obwohl man mir wahrscheinlich die Schuld gegeben hätte, wäre dir etwas passiert.«

Ich nickte kleinlaut und erklärte ihm, dass ich einfach nur mit Leonore Reichert hatte sprechen wollen und in diesem Fall keine Gefahr befürchtet hätte.

»Entschuldige, dass ich das jetzt sage, aber an deinem Verhalten merkt man, dass du sonst nicht bei der Polizei arbeitest. Obwohl du von Berufs wegen eigentlich fast noch besser über die Unberechenbarkeit der menschlichen Psyche Bescheid wissen müsstest als ich. Auf jeden Fall war das, was du getan hast, gefährlich. Wir wissen nicht, wer Cornelia Jansens Mörder ist. Nahezu jeder in diesem Umfeld kommt infrage – auch Leonore Reichert. Noch müssen wir jeden verdächtigen. Es kann auch jemand ganz anderes sein, der bisher noch nicht in unser Sichtfeld getreten ist, uns aber möglicherweise beobachtet.« Er atmete tief durch. »Wie dem auch sei, man kann nie voraussagen, wie sich jemand verhält, der sich bedroht fühlt. Das kann defensiv, aber auch sehr impulsiv und damit gefährlich sein. Wenn dir etwas zugestoßen wäre, hätten wir noch nicht einmal gewusst, wo wir nach dir hätten suchen sollen. Das ist die wichtigste Regel: Du musst immer einem von uns sagen, wohin du dich begibst. Umgekehrt müssen wir es natürlich genauso halten. Wir sind ein Team, vergiss das nicht. Und nur im Team werden wir den Fall lösen können.«

Langsam traute ich mich wieder aufzublicken. Misstrauisch sah ich ihn an. Sollte das etwa alles gewesen sein? Kein Rausschmiss, noch nicht einmal eine Abmahnung? Ich hätte schließlich mit meinem unbedachten Handeln die ganzen Ermittlungen gefährden können. Und wir konnten noch nicht sicher sein, dass ich es nicht sogar getan hatte. Johannes war noch nicht einmal laut geworden.

»Sieh mich nicht so an«, riss er mich aus meinen Gedanken. »Wir machen alle Fehler. Und ich bin froh, dass du in unserem Team mitarbeitest. Ohne dich wüssten wir das meiste gar nicht. Und Ben würde wahrscheinlich völlig zusammenbrechen und könnte nicht für sein Kind da sein. Was das unter Umständen bedeuten würde, weißt du selbst.«

Ich sah, dass er ein wenig ungeduldig zur Tür blickte.

»Wollte Gregor nicht etwas zum Mittagessen besorgen? Ich habe heute Morgen nämlich das Frühstück ausfallen lassen, um möglichst früh wieder hier zu sein, und jetzt sterbe ich fast vor Hunger …« Er hielt inne und sah mich schuldbewusst an. »Ich schätze, das war eine unpassende Bemerkung, wenn man bedenkt, dass wir es hier mit einem tragischen Todesfall zu tun haben. Na ja, auch ich mache Fehler.«

In dem Moment ging die Tür auf und Gregor kam herein. Wir hätten ihm beide am liebsten sofort die Tüte aus der Hand gerissen, denn dem Duft nach zu urteilen, war er in der Metzgerei gegenüber gewesen und hatte den ganzen Bestand an Leberkäs- und Fleischpflanzerlsemmeln aufgekauft. Das konnte mir nur recht sein, denn nachdem die Standpauke sehr viel glimpflicher abgelaufen war, als ich befürchtet hatte, war meine Übelkeit wie weggeblasen; ja auch ich starb fast vor Hunger, wie Johannes so schön unpassend gesagt hatte.

Kapitel siebzehn

Nachdem wir unsere Semmeln regelrecht verschlungen hatten, fühlte ich mich müde und träge und hätte gegen einen Mittagsschlaf im Liegestuhl auf unserer Dachterrasse nichts einzuwenden gehabt. Aber der würde wohl noch ein paar Stunden auf mich verzichten müssen, denn Johannes wollte mit uns über seinen Besuch bei Stefan Bergmann in Frankfurt reden. Obwohl ich mich zu konzentrieren versuchte, fiel es mir angesichts meines vollen Magens und der Mittagshitze recht schwer. Ich sah zu Gregor hinüber. Er lag mehr, als dass er saß – auch er musste offensichtlich mit sich kämpfen, um nicht gleich einzuschlafen. Johannes schien unseren Zustand nicht zu bemerken. Vielleicht ignorierte er ihn auch ganz einfach. Jedenfalls begann er mit seinem Bericht, und mit jedem Satz wurden Gregor und ich zusehends wacher.

»Ich könnte es eigentlich ganz kurz machen«, sagte Johannes. »Bergmann ist exakt das gleiche Kaliber wie Reichert. Arrogant und eiskalt.«

Kein Wunder also, dass Reichert ihn zum idealen Schwiegersohn auserkoren hatte, dachte ich.

Johannes fuhr fort: »Er versuchte natürlich, dem Gespräch mit mir zu entgehen. Ließ sich erst verleugnen, und als ich seiner Sekretärin sagte, dass ich in diesem Fall warten würde, kam er aus seinem Büro heraus und teilte mir unumwunden mit, dass er weder die Zeit noch die Lust habe, sich mit mir zu unterhalten. Da er mit Connys Tod nichts zu tun hätte, habe er mir somit auch nichts dazu zu sagen.«

Gregor warf ein, wie seltsam er es fände, dass Bergmann sofort gewusst hätte, in welcher Angelegenheit Johannes mit ihm sprechen wollte. Ich stimmte ihm zu. Bergmanns Verhalten war wirklich merkwürdig. Nicht nur, dass er bereits über Connys Tod informiert war, obwohl sie schon lange vorher den Kontakt zu ihm abgebrochen hatte. Er hatte regelrecht die Flucht nach vorne angetreten, was zeigte, wie bedrängt er sich fühlte. Hatte das etwas Bestimmtes zu bedeuten oder interpretierten wir zu viel in Bergmanns Verhalten hinein?

»Ich sagte ihm, dass ich mich zunächst nur mit ihm unterhalten wolle und dass ich das auch gern auf dem Präsidium tun könne, natürlich nachdem er von einem Streifenwagen abgeholt worden sei«, riss mich Johannes aus meinen Gedanken. »Da hat er mich gnädigerweise in sein Büro gebeten, nicht ohne anzumerken, dass ich ihm seine Zeit stehlen würde und er höchstens fünf Minuten erübrigen könne.« Johannes erzählte weiter, dass Bergmann seine Beziehung zu Conny Jansen nicht abgestritten, aber natürlich in einem völlig anderen Licht dargestellt hätte als Ben. Glaubte man seiner Version, dann hatte er Conny verlassen, weil sie mehrfach fremdgegangen war. Er habe ihr immer wieder verziehen, aber da sei er wohl zu gutmütig gewesen.

Gregor schnaubte verächtlich und auch ich musste den Kopf schütteln. Wenn jemand seine angebliche Großzügigkeit und seinen Großmut betonte, dann steckte meistens nicht viel dahinter.

»Jedenfalls behauptete er, nach der endgültigen Trennung habe er Conny nicht wiedergesehen. Und obwohl sie ihn noch mehrfach telefonisch um ein Treffen gebeten hätte, sei er nicht bereit gewesen, sich dazu überreden zu lassen.«

Das war in der Tat eine völlig andere Darstellung der Beziehung. Ich bedauerte es, dass ich bei dem Gespräch nicht hatte dabei sein können – ich hätte mir gern selbst ein Bild von Bergmann gemacht. Manchmal vermögen Gestik und Mimik mehr über einen Menschen zu erzählen als dessen Worte.

»Wie fällt denn dein persönlicher Eindruck von ihm aus?«

Johannes überlegte. »Wie schon gesagt, in der Art seines Auftretens ist er den Reicherts schon sehr ähnlich, wenngleich er fahriger und unbeherrschter wirkt. Und ich glaube nicht, dass er die Wahrheit sagt. Zudem scheint er keine Probleme damit zu haben, zu lügen und andere Menschen in den Dreck zu ziehen, wenn es seiner Sache dienlich ist, auch wenn es sich um eine Tote handelt. Ich glaube außerdem, dass er nach wie vor in engem Kontakt zu den Reicherts steht. Darüber hinaus hatte ich den Eindruck, als wäre seine Version der Beziehung mit ihnen abgesprochen.«

Das stimmte mich nachdenklich und machte die Sache nicht einfacher. Falls sich Bergmann noch immer im Dunstkreis Reicherts befände, würden wir nur schwer an ihn herankommen. Er würde bei seiner unkooperativen Haltung bleiben, denn wenn sich so arrogante und kalte Menschen wie Bergmann und die Reicherts zusammentaten, waren sie wie eine Wand aus Beton, an der man abprallte und sich höchstens noch ein paar blaue Flecken holte.

So wie Ben mir die Situation geschildert hatte und wie Johannes' Begegnung mit Bergmann verlaufen war, gab es für mich keine Zweifel mehr, dass dieser in den Mord an Conny verwickelt war. Und kurz darauf sollte mich Johannes noch in meiner Meinung bestätigen, denn als er die Kanzlei verlassen wollte, fragte Bergman ihn, was denn nun aus dem Kind würde, jetzt, wo die Mutter tot sei.

Kapitel achtzehn

Mit über die Schulter gehängter Tasche wollte ich gerade das Büro verlassen, um nach Ben und Hanna zu sehen, als das Telefon klingelte.

Gregor nahm den Hörer ab. »Einen Moment bitte, ich muss nachsehen, ob sie noch da ist«, sagte er und legte die Hand auf die Sprechmuschel. »Bist du noch da?«, flüsterte er mir zu.

Ich wollte wissen, wer dran war, aber fest stand nur, dass es sich um eine Frau handelte. Ihren Namen wollte sie nicht preisgeben. Sie bestand darauf, nur mit mir zu reden. Das kam mir komisch vor. Warum konnte die Anruferin nicht einfach ihren Namen nennen? Auf einmal dämmerte es mir.

Ich gab Gregor ein Zeichen, mir den Hörer zu übergeben, und meldete mich: »Isabella Sturm, mit wem spreche ich?«

Die sehr leise, kaum hörbare Stimme am anderen Ende der Leitung zitterte. »Hören Sie, ich kann nicht lauter sprechen. Wenn er wüsste, dass ich Sie anrufe, würde er mich umbringen.«

Nun wusste ich, mit wem ich sprach, und konnte es kaum fassen. Leonore Reichert suchte das Gespräch mit mir. Unter Umständen hatte mein gestriger Besuch, auch wenn er ungeschickt gewesen war, doch etwas bei ihr bewirkt. Hatte sie mir tatsächlich etwas zu sagen? Vielleicht besaß die Frau doch Gefühle.

»Frau Reichert, Sie müssen sich keine Sorgen machen, er muss nichts davon erfahren. Wollen Sie mir etwas mitteilen?«

»Ich will nicht, dafür schäme ich mich viel zu sehr. Aber ich muss. Es scheint das Einzige zu sein, was ich noch für meine Tochter tun kann. Wenn auch viel zu spät.« Beim letzten Satz war sie noch leiser geworden.

Plötzlich hörte ich Hintergrundgeräusche. Jemand musste gerade ihr Zimmer betreten haben. Dann hörte ich ihre Stimme, jetzt wieder gewohnt kühl und geschäftsmäßig: »Also ich wiederhole noch einmal: Treffpunkt für die Stadtführung ist der Kiosk am Isarkai, morgen um fünfzehn Uhr. Nur um sicherzugehen, dass ich alles richtig verstanden habe. Vielen Dank.« Es klickte in der Leitung. Sie hatte aufgelegt.

Ich war mir sicher, dass ihr Mann gerade das Zimmer betreten und sie deshalb vorgegeben hatte, mit der Touristeninformation über eine Stadtführung gesprochen zu haben. Aber ich zweifelte noch, ob es sich nur um eine Notlüge oder um eine versteckte Botschaft für mich gehandelt hatte. Vielleicht wollte sie mich ja morgen um drei Uhr nachmittags treffen. Vielleicht war Ronaldo Reichert zu dieser Zeit mit etwas anderem beschäftigt. Vielleicht tyrannisierte er dann Leute außerhalb seiner Familie. Wenn ich es herausfinden wollte, würde ich hingehen müssen. Diese Chance konnte ich nicht ungenutzt verstreichen lassen, denn ein Gespräch mit Leonore Reichert konnte uns in unseren Ermittlungen ein gutes Stück weiterbringen, wenn nicht sogar direkt zur Lösung des Falls. Trotzdem wollte ich Johannes und Gregor davon erzählen und ihre

Meinung hören. Aus meiner Aktion vom Vortag hatte ich etwas gelernt.

Meine Kollegen sahen die Sache ähnlich wie ich. Wenn wir wissen wollten, ob Leonore Reichert sich verschlüsselt mit mir verabredet hatte, musste ich hingehen. Ich war mir mittlerweile sicher, dass sie mir etwas sagen wollte. Wahrscheinlich hatte sie doch ein Gewissen, das nun schwer auf ihr lastete. Mit einem eisernen Ring ums Herz lebt es sich nun einmal sehr schwer. Ich bezweifelte, dass sie ihn mit einer Beichte loswerden würde. Aber womöglich konnte sie ihn ein wenig lockern, damit sie wenigstens wieder Luft bekam.

Kapitel neunzehn

An diesem Abend ging ich mit sehr gemischten Gefühlen nach Hause. Einerseits war ich froh und auch ein bisschen stolz, dass ich Leonore Reichert offenbar dazu gebracht hatte, mit mir zu sprechen. Falls sie wirklich reden sollte, könnte das der Durchbruch sein. Andererseits fürchtete ich mich vor dem, was sie mir sagen würde. Ich wusste nicht, ob ich das überhaupt hören wollte. Nachdem ich Connys Familienverhältnisse kennengelernt hatte, war ich mir relativ sicher, es hier mit einem Fall von verlorener Familienehre zu tun zu haben, und falls sich meine Befürchtungen bewahrheiten sollten, schien uns noch einiges bevorzustehen. Ich war an einem Punkt angelangt, an dem ich mich am liebsten zurückgezogen hätte. Jeder Schritt, den wir weiterkamen, bereitete mir mehr Angst, und ich zitterte davor, in etwas eintauchen zu müssen, von dem ich nie wirklich geglaubt hätte, dass es so etwas gibt. Jedenfalls nicht in unserer Kultur. Sicher, ich hatte als Psychologin, die normalerweise bei der Tölzer Familienberatung arbeitete, ständig mit kaputten Familien zu tun. Aber diese Menschen wollten, dass ihre Wunden wieder heilten, nur deshalb kamen sie zu uns. Sie versuchten, die Brüche zu reparieren. Aber bei der Familie Reichert ging es um etwas anderes. Hier stand nicht das Heilen von Wunden im Vordergrund, sondern das Zufügen von Wunden.

Unterdrückung statt elterlicher Fürsorge. Standesdünkel statt väterlichen Stolzes. Das Brechen einer Seele statt einer Umarmung. Eiserne Hand statt wärmender Schulter. Hass statt Liebe. Eine Rettung schien ausgeschlossen, dazu war schon viel zu viel zerstört worden. Und ich wusste beim besten Willen nicht, wie ich damit umgehen sollte. Ich war es gewohnt, Scherben wieder zu einem Ganzen zusammenzufügen, nicht, sie aufzukehren und wegzuwerfen. Aber vielleicht war doch noch etwas zu retten, nämlich ein bisschen Seelenfrieden für die kleine Hanna. Und das wäre dann doch ziemlich viel. Eigentlich kam es jetzt nur noch darauf an.

Niklas verhielt sich wie immer wunderbar. Er spürte, dass mich etwas sehr beschäftigte, wusste aber auch, dass ich zum jetzigen Zeitpunkt nicht mit ihm darüber sprechen konnte, weil ich es erst einmal selbst verarbeiten musste. Klaglos nahm er es hin. Ertrug meine gedrückte Laune, ohne Ansprüche auf eine Erklärung zu stellen. Er gab, ohne etwas dafür zu erwarten. Das war Niklas. Das war Liebe.

Er nahm mich in die Arme und streichelte mir übers Haar. Augenblicklich spürte ich so etwas wie Erleichterung in meinem Herzen. Niklas war mein Zuhause, meine Oase inmitten meines beruflichen Alltags, der momentan so unendlich traurig erschien.

»Geh duschen, und danach gehen wir etwas essen«, schlug er vor.

»Wohin gehen wir?«, fragte ich.

»Wohin du möchtest«, murmelte er in mein Haar.

Ich lächelte und fühlte mich geborgen. Schließlich löste ich mich von ihm und machte mich auf den Weg ins Bad. Ich beschloss, den Fall Conny und das, was morgen eventuell auf mich wartete, für den Rest des Tages aus meinem

Kopf zu verbannen. Vor mir lag ein schöner Abend mit meinem Mann. Den wollte ich genießen.

Als wir aus dem Haus traten, war es halb sieben und noch immer herrlich warm. Es roch nach Sommer. Wir liefen die Ludwigstraße und die Badstraße hinunter. Wie immer um diese Jahreszeit war noch einiges los. Es tat mir gut, die vielen Menschen zu sehen, die völlig entspannt durch die Stadt schlenderten. In solchen Momenten fand auch ich etwas Abstand und fragte mich, ob ich wirklich gerade einen Mann und ein Kind betreute, denen gewaltsam Ehefrau und Mutter genommen worden waren. Es kam mir vor wie ein böser Traum, der in Bad Tölz nichts zu suchen hatte. Nicht in meiner Stadt, die mir, besonders an Abenden wie diesem, so unendlich idyllisch erschien. Was hatte da ein Mord zu suchen? Nichts. Aber hatte ein Mord irgendwo sonst auf der Welt etwas verloren? Nein. Ich seufzte.

Niklas, der einen Arm um meine Schulter gelegt hatte, zog mich noch ein wenig enger zu sich heran, bevor er mir einen Kuss auf die Stirn drückte. »Du kannst nicht abschalten, stimmt's?«, fragte er mich.

»Es scheint mir so falsch. Warum nimmt ein Mensch dem anderen das Leben? Ich weiß, dass das jeden Tag irgendwo auf der Welt passiert, aber wenn man direkt mit einem solchen Fall konfrontiert wird, ist das noch einmal etwas anderes. Da schaltet die Vernunft ab. Wie ein naives Kind will man das Böse auf der Welt nicht wahrhaben. Und man hofft, dass irgendjemand das Wissen darum von einem fernhält, so wie eine Mutter es täte. Man will einfach nichts damit zu tun haben, verstehst du?«

Niklas nickte. »Du darfst nicht vergessen, dass du normalerweise an solchen Fällen nicht arbeitest. Du magst Familientherapeutin sein, aber du hast noch nie eine Familie betreut, die einen Menschen durch Mord verloren hat. Du darfst dir zugestehen, tief erschüttert zu sein. Und versuch nicht, den Mord verstehen zu wollen. Wir werden nie begreifen, was in jemandem vorgeht, der sich das Recht nimmt, das Leben eines anderen Menschen zu beenden. Und vergiss nicht, dass du der Familie des Opfers eine Stütze bist, auch wenn es im Moment nicht offensichtlich ist. Du sorgst dafür, dass der Mann und das Kind jetzt nicht allein dastehen, und das ist eine Menge.«

Anstatt einer Antwort kuschelte ich mich an ihn. Eng umschlungen gingen wir weiter und erreichten wenig später die Terrasse des kleinen Bistros direkt an der Isar. Von dort hatte man einen schönen Blick auf den Fluss, und nach ein paar Minuten spürte ich, wie mein Kummer vom blaugrünen Wasser sanft davongetragen wurde. Eine Nudelpfanne mit knusprigen Putenbruststreifen und Kräutern der Provence später fühlte ich mich wieder gestärkt und freute mich darauf, den Abend mit einem Glas Wein und einem schönen Liebesroman ausklingen zu lassen. Natürlich einem Liebesroman, bei dem man nach den ersten fünf Seiten schon weiß, dass es ein Happy End geben würde. Ein Happy End war genau das, was ich jetzt brauchte. Und nicht nur ich.

Kapitel zwanzig

Am nächsten Morgen wachte ich schon sehr früh auf. Es war gerade erst halb sechs, aber es wurde schon langsam hell. Ich machte mir eine Tasse Tee und öffnete das Küchenfenster. Klare, kühle Luft strömte in den Raum. Ich atmete sie tief ein in der Hoffnung, sie würde mir einen klaren Kopf bescheren, denn den brauchte ich heute, falls Leonore Reichert mir wirklich eine verschlüsselte Botschaft hatte zukommen lassen. Die ersten Vögel zwitscherten bereits und ein Gefühl von Frieden überkam mich. Ich bedauerte es, nicht immer so früh aufzustehen, denn eigentlich liebte ich es. Dann hatte ich ein paar Minuten ganz für mich allein und konnte die Welt beim Erwachen beobachten. Aber ich schaffte es nicht immer. Manchmal war ich einfach zu müde.

Nachdem ich geduscht hatte und in einem leichten Sommerkleid die Küche betrat, um das Frühstück zu machen, kam Niklas noch ganz verschlafen aus dem Schlafzimmer. Sein Haar stand in alle Richtungen ab und er schien die Augen vor Müdigkeit gar nicht aufzubekommen. Das ist der wahre Luxus und gleichzeitig alles, was zählt im Leben, dachte ich. Den Tag gemeinsam beginnen und beschließen zu können. Für Ben und Conny galt das nicht mehr. Und das tat mir weh. Besonders in den Momenten, in denen ich mir meines Glücks bewusst wurde, wollte ich immer, dass auch alle anderen Menschen glücklich waren. Aber das würde wohl ein unerfüllter Wunsch bleiben.

Nach dem Frühstück verließen wir gemeinsam das Haus. Da Niklas heute erst ab der zweiten Stunde Unterricht erteilte, konnte er mich noch bis zum Präsidium begleiten, bevor er zum Gymnasium ging, um dort seine Oberstufenklasse mit den mittlerweile benoteten Maria-Stuart-Aufsätzen zu quälen. Ich liebte es, wenn ein Tag so begann. Dank der zusätzlichen Minuten mit meinem Mann startete ich wesentlich entspannter in den Tag. Er küsste mich zum Abschied.

»Was auch immer du heute vorhast, ich wünsche dir viel Glück.« Er winkte mir noch einmal zu und ging.

Ich blieb noch einen Moment lang stehen und sah ihm nach. Dann ging ich ins Büro, wo gedrückte Stimmung herrschte. Johannes stand am Fenster und schien die Menschen in der Marktstraße zu beobachten. Gleichzeitig wirkte er merkwürdig abwesend. Er kaute nervös auf seiner Oberlippe herum, dreht sich nicht zu mir herum. Einen Moment glaubte ich, er hätte noch nicht einmal bemerkt, dass ich hereingekommen war.

Aber dann fing er an zu sprechen. »Ben Jansen hat angerufen. Sein Schwiegervater hat sich bei ihm gemeldet und ihm mitgeteilt, er werde heute Hanna abholen. Nun, da die Mutter des Kindes tot sei, gäbe es keinen Grund mehr, warum Hanna bei ihm bleiben sollte, wo er doch gar nicht ihr Vater sei.«

Fassungslos und erstarrt blieb ich stehen. Wie weit wollte dieser verdammte Reichert noch gehen? War das Unglück denn nicht schon groß genug? Anscheinend nicht für ihn, diesen kalten, machthungrigen Menschen.

»Das ist aber noch nicht alles«, fuhr Johannes fort, immer

noch zum Fenster gewandt.«Um seinen Worten Nachdruck zu verleihen, hat er ihm auch noch gesagt, dass er Stefan Bergmann mitbringen würde und dass er an seiner Stelle dem leiblichen Vater das Kind lieber nicht vorenthalten sollte. Bergmann könne sehr ungemütlich werden.«

Mir wurde ganz schwarz vor Augen. Hatte ich doch so viel Hoffnung in diesen Tag gesetzt. Falls ich von Leonore Reichert die entscheidende Information bekommen würde, hätten wir den Fall vielleicht lösen und damit abschließen können. Dann hätten Ben und Hanna wieder ihre Ruhe gehabt und anfangen können, ihre Trauer zu verarbeiten. Aber jetzt hatte dieser verdammte Reichert tatsächlich noch einen Trumpf aus der Tasche gezogen. Mit Bergmann an seiner Seite gedachte er, seinen Willen ohne Umschweife durchzusetzen. Unsere Ermittlungsarbeit behinderte er damit auch noch. Und dass er es geradezu darauf anlegte, bei Ben und Hanna eine Eskalation herbeizuführen, schien mir der Gipfel zu sein. Aber gerade das bewies einmal mehr, dass es ihm nicht um das Wohl seiner Enkelin ging. Auch schien es ihn nicht zu interessieren, wer seine Tochter ermordet hatte. Ein sehr seltsames Verhalten, fand ich. Denn selbst wenn ein Vater-Tochter-Verhältnis schlecht ist, trauert ein Vater doch um seine Tochter, wenn ihr etwas zustößt. Er will verstehen, warum. Er hadert mit dem Schicksal und seinem Glauben. Alle Meinungsverschiedenheiten werden unwichtig. Alle Kränkungen sind vergessen, alle Wut löst sich in nichts auf. Er wünscht sich nur sein Kind zurück und möchte wissen, wer ihm das angetan hat. Denn nur wenn er die näheren Umstände kennt, hat er eine geringe Chance, irgendwann ins Leben zurückzufinden.

Nicht so Ronaldo Reichert. Den Mord an seiner Tochter schien er als unangenehmen Zwischenfall zu empfinden,

den es galt, schnell aus der Welt zu schaffen. Wie, das war ihm egal, Hauptsache, die Sache war vom Tisch. Dieses Verhalten verwunderte mich fast noch mehr, als dass es mich erboste. Ich hatte mir so etwas nie vorstellen können. Er benahm sich nicht wie ein Mensch, der Gefühle hat, die er anderen entgegenbringen kann. Nur der Machthunger trieb ihn an, davon hatte er mehr als genug.

Ich zerbrach mir fast den Kopf darüber, weil ich einfach verstehen konnte, was in ihm vorging. Warum tat ein Mensch so etwas? Warum war ihm die Durchsetzung seiner Interessen wichtiger als die Aufklärung des Mordes an seiner Tochter, an seinem einzigen Kind? Ich fürchtete, dass sich jedes weitere Nachgrübeln erübrigte, da ich die Antwort bereits kannte. Ronaldo Reichert war nicht an der Klärung des Falls interessiert, weil er wusste, wie es passiert war.

Kapitel einundzwanzig

Als Johannes und ich bei Ben eintrafen, stand der Streifenwagen schon vor der Tür. Die beiden Polizisten standen mit Ben in der Eingangstür, wobei Ben mit den Armen wild gestikulierte und auf die Polizisten einredete. Wir waren noch zu weit entfernt, um verstehen zu können, worum es ging, aber es war offensichtlich, dass Ben sich in Panik befand. Es hätte ein idyllischer Morgen sein können, aber angesichts der aktuellen Situation wirkten die bereits wärmenden Sonnenstrahlen und das Vogelgezwitscher wie Hohn. Wir gingen auf die Gruppe zu und hörten, wie aufgebracht Ben war.

»Was sollen wir machen? Können Sie Reichert und Bergmann nicht sofort festnehmen?«, fragte er hektisch.

Der ältere der beiden Streifenpolizisten wollte gerade zu einer Entgegnung ansetzen, als wir sie erreicht hatten.

Johannes ergriff sofort das Wort: »Herr Jansen, wir haben gehört, was passiert ist. Haben Sie keine Angst, Bergmann und Reichert werden Ihnen nichts tun.«

Ben fuhr zu ihm herum. »Darum geht es nicht. Es geht darum, dass sie mir Hanna wegnehmen werden. Notfalls mit Gewalt. Was sollen wir denn noch alles ertragen?« Seine Stimme überschlug sich fast, und ihn so verzweifelt zu sehen zerriss mich innerlich.

»Beruhige dich, niemand wird euch trennen. Dein

Schwiegervater und Bergmann haben dazu gar keine Befugnis.«

Er lachte bitter, und ich ahnte, was er damit sagen wollte. Nämlich dass sich sein Schwiegervater nicht darum scherte, was er durfte und was nicht. Er glaubte, für alles die Befugnis zu haben. Ich hatte mich vorher noch nie mit einem solchen Menschen konfrontiert gesehen, ebenso wenig Johannes und Gregor. Wir wussten, dass es auf eine Eskalation hinauslaufen würde, sollten Reichert und Bergmann die beiden tatsächlich zu Hause antreffen. Und dass in der Psyche der kleinen Hanna schwere Schäden angerichtet werden konnten, wenn sie alles mitbekäme. Ich stellte mich neben ihn und streichelte ihm beruhigend über die Schulter. Langsam drehte er den Kopf zu mir und sah mich an. Seine Augen schienen leer. Es war die Leere der Erschöpfung und der Resignation. Mir wurde bewusst, dass Ben an einem Punkt angelangt war, an dem er nicht mehr weiterkonnte. Er stand kurz vor dem Zusammenbruch. Der Verlust seiner Frau und seines ungeborenen Kindes stellte für sich schon einen Schlag dar, an dem man zerbrechen konnte. Aber er verdrängte seine Trauer, um für seine Tochter da sein zu können. Dazu brauchte er seine ganze Kraft. Und als ob das alles nicht genug wäre, machten seine Schwiegereltern alles noch schlimmer. Es schien, als wollte Ronaldo Reichert diesen Tiefpunkt, diesen schwachen Moment seines Schwiegersohnes ausnutzen, um ihn nun endlich aus dem Weg zu räumen. Für ihn selbst bedeutete der Tod seiner Tochter nur ein vorübergehendes lästiges Malheur, das keinen Moment der Schwäche erlaubte. Im Gegenteil – er strotzte nur so vor Energie. Wenn auch vor schlechter.

Johannes zog mich zur Seite und sprach leise, damit uns Ben nicht hören konnte. »Ich halte es für notwendig,

Jansen und das Kind von hier wegzubringen, zumindest vorerst.«

Ich nickte zustimmend.

Johannes fuhr fort. »Reichert wird sich an keine Verfügungen halten, und meiner Meinung nach sind sowohl er als auch Bergmann gefährlich, auch wenn wir ihnen bislang noch nichts nachweisen können. Selbst wenn wir rund um die Uhr Kollegen von der Streife zum Schutz herschicken würden, werden Reichert und Bergmann immer anwesend sein. Wir können Jansen und Hanna diesem Druck nicht aussetzen. Lange hält er das sowieso nicht mehr durch. Außerdem können wir uns nicht noch um eine Kindesentführung kümmern, und darauf würde es hinauslaufen.«

Ich war bedrückt. Es kam mir alles wie ein schlechter Film vor. Wir mussten Ben und Hanna verstecken, weil sie sonst Reicherts und Bergmanns Terror ausgesetzt waren. Wir mussten sie fortreißen aus ihrer gewohnten Umgebung, was sich besonders für die kleine Hanna schwierig gestalten konnte. Erst der Verlust ihrer Mutter, und dann auch noch ein Umgebungswechsel, das konnte zu viel für sie sein. Aber wir mussten es riskieren. Alles war besser als eine Eskalation.

»Soll ich mit ihm reden?«

Johannes grinste mich an. Ein schiefes Grinsen. »Ich habe darauf spekuliert. Zu dir hat er Vertrauen. Danke, dass du das tust.«

»Das ist meine Arbeit. Deshalb bin ich hier.« Ich straffte die Schultern und ging in Richtung Haustür.

Ben lehnte an der Tür und hielt sich die Hand vors Gesicht. Ich ließ ihm einen Moment Zeit. Wahrscheinlich weinte er. Nach einer Minute nahm ich ihn vorsichtig bei den Schultern und führte ihn ins Haus. Ich fragte ihn, wo Hanna sei. Sie hielt sich bei den Nachbarn auf – zum Glück.

»Ben«, begann ich und drückte ihn sanft auf einen Stuhl, »hör mal. Du weißt selbst am besten, dass sich sowohl Bergmann als auch dein Schwiegervater über alle Bestimmungen hinwegsetzen. Das heißt, sie werden euch nicht in Ruhe lassen. Selbst wenn wir euch rund um die Uhr Polizeischutz geben, werden sie nicht aufgeben. Sie werden sich immer in eurer Nähe aufhalten.«

Ich wartete einen Moment auf eine Reaktion. Ben wandte mir das Gesicht zu. Es war tränenverschmiert.

»Du meinst, sie werden versuchen, mich weichzuklopfen?«

Ich zuckte mit den Schultern. »Ich könnte es mir vorstellen. Wenn sie nicht direkt an dich herankommen, probieren sie es eben mit Psychoterror. Sie werden dir immer wieder zeigen, dass sie in deiner Nähe sind, und spekulieren darauf, dass du entweder zusammenbrichst oder sich doch eine Möglichkeit ergibt, Hanna mitzunehmen.«

Ben stützte das Gesicht auf seine Hände und schüttelte verzweifelt den Kopf. »Wenn sie mir Hanna wegnehmen, bringe ich sie um.« Er schien am Ende seiner Kräfte angelangt zu sein.

»So weit wollen wir es nicht kommen lassen. Deshalb wäre es gut, Hanna und du, ihr würdet vorübergehend woanders unterkommen. Kennst du jemanden, bei dem ihr wohnen könntet, bis der ganze Spuk vorbei ist?«

Er sah mich lange und durchdringend an. »Ich glaube nicht, dass der Spuk irgendwann für uns vorbei sein wird. Conny ist tot. Sie kommt nicht mehr zurück.«

Ich biss mir auf die Lippen und hätte mich für diese Unachtsamkeit am liebsten geohrfeigt. Natürlich würde es für

Ben nicht vorbei sein. Es könnte höchstens erträglich werden, aber selbst das würde er jetzt noch nicht glauben.

Er schien Gedanken lesen zu können, als er sagte: »Isabella, du musst dir keine Gedanken machen. Ich weiß, was du gemeint hast. Ich weiß nur nicht, wie ... wie ich mit dieser Situation jemals klarkommen soll. Conny war mein Leben. Und das Baby ...« Seine Stimme war brüchig. Er musste mit Gewalt seine Tränen zurückhalten.

Ich entgegnete erst einmal nichts, sondern gab ihm ein bisschen Zeit, sich wieder zu fassen. Er hatte bezüglich Hanna dieselben Zweifel wie Johannes und ich, aber letztendlich teilte er unsere Meinung. Er erhob sich und ging in der Küche auf und ab. Seine Gedanken rotierten, das war ihm anzusehen.

»Ich möchte hier in der Gegend bleiben«, setzte er an. »Ich weiß, dass ich schon allein wegen Hanna im Moment nicht hierbleiben kann. Aber ich möchte auch nicht zu weit weg sein. Hanna soll nicht komplett aus ihrer vertrauten Umgebung gerissen werden. Außerdem muss ich sehen, wie ihr vorankommt, und ich möchte dabei sein, wenn ihr den findet, der Conny das angetan hat. Und ich muss da sein, wo Conny war. Im Moment kann ich mir wenigstens noch vormachen, dass sie gleich wieder zur Tür hereinkommt. An einem anderen Ort geht das nicht. Verstehst du mich?« Er ließ sich wieder auf einen Stuhl fallen, nachdem seine ausgesprochenen Gedanken ihn völlig erschöpft hatten.

Es tat mir leid, dass ich ihm in seinem Kummer auch noch einen vorübergehenden Umzug zumuten musste. Verständlich, dass wir immer zuerst an Hanna dachten, sie brauchte unseren besonderen Schutz. Aber war Ben momentan nicht genauso verletzlich und hilflos wie ein kleines Kind? Am liebsten hätte ich ihn in Ruhe gelassen, damit er in aller Stille trauern konnte. Doch wäre ihm das überhaupt möglich, solange Connys Mörder nicht gefunden war? Wie sollte er da zur Ruhe kommen? Ich zwang mich, mit meinen Gedanken nicht allzu weit abzuschweifen.

»Ich verstehe dich. Und die Polizei arbeitet unter Hochdruck an der Aufklärung, sodass es bestimmt nicht mehr lange dauern dürfte, bis ihr wieder zurückkommen könnt. Aber im Moment wärt ihr beide hier in Gefahr. Aber wenn ihr vielleicht bei Freunden, die in der Gegend wohnen, vorübergehend unterkommen könntet ...«

Ben kam tatsächlich eine Idee. Er erzählte von Freunden, die in einem Haus am Kochelsee wohnten. Conny und Linda hatten sich in einem Italienischkurs der Volkshochschule kennengelernt und angefreundet. An einem gemeinsamen Grillabend hatte sich herausgestellt, dass sich auch die Männer gut verstanden – mit ihrer Leidenschaft fürs Radfahren hatten Felix und Ben gleich ein schier unerschöpfliches Gesprächsthema gefunden.

»Es wäre bestimmt kein Problem, für eine Weile bei ihnen unterzukommen«, meinte Ben, »außerdem haben sie einen Sohn in Hannas Alter, sie wäre also abgelenkt.«

Ich hielt das für eine gute Idee. Ich fragte vorsichtig, ob Linda und Felix wüssten, was passiert sei. Ben nickte. »Sie haben durch die Zeitung von dem Mord erfahren. Ich selbst habe es nicht geschafft, jemandem davon zu erzählen.« Es waren ja erst fünf Tage seit dem Mordtag vergangen. Ben war so damit beschäftigt gewesen, Hanna zuliebe nicht die Nerven zu verlieren, dass er nicht daran gedacht hatte, Freunde zu informieren. Zumal es ihm unendlich schwerfiel, das Geschehnis laut auszusprechen. In dem Moment, in dem Ben laut aussprach, dass seine Frau ums Leben gekommen war, würde er es akzeptieren müssen. Und so weit war er lange noch nicht. Trauer, Fassungslosigkeit und Verzweiflung lagen über ihm wie eine Glasglocke.

»Soll ich mit ihnen sprechen?«

Ben winkte ab. »Ich schaff das schon.«

Zweifelnd schaute ich ihm nach, als er sich aus der Küche hinaus in den Flur schleppte, wo das Telefon stand. Er schaffte es kaum, einen Fuß vor den anderen zu setzen. Er sieht aus wie ein gebrochener, alter Mann, dachte ich. Gebrochen ja, aber nicht alt. Trotzdem konnte man, wenn man ihn in seiner momentanen Verfassung sah, nicht glauben, dass er sich jemals wieder von dem tragischen Verlust erholen sollte.

Als ich hörte, wie seine Stimme draußen im Flur verstummte und er stattdessen in ein unkontrolliertes Schluchzen ausbrach, ging ich hinaus, legte den Arm um seine Schulter und nahm ihm den Hörer aus der Hand. Am anderen Ende hörte ich die Stimme einer Frau, wahrscheinlich Linda, die immer wieder Bens Namen rief. Ich erklärte ihr die Situation und wartete ihre Reaktion ab. Dabei durfte ich nicht vergessen, dass Linda ein weiterer Mensch war, der Conny verloren hatte. Sie waren Freundinnen gewesen, enge Freundinnen. Sie sagte zunächst nichts und fing dann an, leise zu weinen. Ich kam mir furchtbar rücksichtslos und unsensibel vor, als ich mein Anliegen vorbrachte, aber sie schien überhaupt nicht so zu empfinden.

»Natürlich können Ben und Hanna bei uns wohnen. Das ist überhaupt keine Frage. Ich wünschte, Ben wäre schon früher zu uns gekommen, dann hätten wir uns um ihn gekümmert. Er kann das doch nicht allein durchstehen. Aber er wollte nicht. Also konnten wir ihm nur immer wieder sagen, dass wir für ihn da sein, wenn er uns braucht.« Sie fing wieder an zu weinen.

»Er war einfach nicht in der Lage, darüber zu sprechen. Er ist völlig darauf konzentriert, die Dinge am Laufen zu halten, damit Hanna nicht noch mehr irritiert wird. Außerdem befürchtet er, sein Schwiegervater könne ihm das Kind wegnehmen. Das ist auch der Grund, warum er besser nicht in seinem Haus sein sollte, bis die Polizei den Fall aufgeklärt hat.«

Linda gab mir verstehen, dass Ben und Hanna sofort kommen könnten. Wir beendeten das Gespräch, und ich bat Ben, seine Koffer zu packen.

»Um Hannas Sachen kümmere ich mich, wenn du willst.«

Wieder ein Nicken. Er schlurfte wie ferngesteuert die Küche hinaus und kurz darauf hörte ich ihn die Treppe hinaufgehen. Ich wartete, bis er im Schlafzimmer verschwunden war, dann machte ich mich so leise wie möglich auf den Weg in Hannas Zimmer. Ich kam mir vor wie ein Eindringling, als ich ihren Schrank öffnete. Das hier war Hannas und Connys Welt, nicht meine. Ich wurde das Gefühl nicht los, dass ich hier nichts zu suchen hatte. War es nicht Connys Aufgabe, Kleider für ihre Tochter herauszusuchen? Was also tat ich da? Warum stand ich in diesem Zimmer, wo ich doch hier eigentlich gar nichts zu suchen hatte? Doch ich wusste um die Notwendigkeit, Hannas Koffer zu packen. Mir kam noch kurz der Gedanke, dass wir überhaupt keine Koffer packen müssten, wenn sie noch lebte. Ich schüttelte den Kopf, als ob ich dadurch all die traurigen Gedanken loswerden könnte. Reiß dich zusammen, befahl mir meine innere Stimme. Ich fing also an, Hannas Kleidung auszuräumen. Nachdem ich schon eine geraume Zeit nach einem Koffer gesucht hatte, kam Ben mit einer Reisetasche herein. Ich schickte ein stummes

Dankgebet zum Himmel. Er war schon fast wieder draußen, als er plötzlich stehen blieb.

»Ich bin dir dankbar für das, was du tust«, sagte er, ohne sich umzudrehen. Und weg war er. Ich war froh. Dadurch dass er mir dies gesagt hatte, empfand ich es jetzt als nicht mehr ganz so falsch, hier in diesem Zimmer zu stehen. Ich wollte helfen und hatte nun das Gefühl, dass ich das zumindest in einem gewissen Maß auch konnte.

Hannas aufgeräumter Schrank zeugte von Connys Ordnungssinn. Ich packte in die Reisetasche, was hineinpasste, denn niemand konnte wissen, wie lange die Kleine und ihr Vater in Kochel würden bleiben müssen.

Nach einer halben Stunde stand Ben wieder im Türrahmen. »Ich hole jetzt Hanna.«

Ich lauschte auf seine Schritte auf der Treppe und setzte mich auf einen der kleinen Stühle an Hannas Kindertisch. Als ich das Gesicht auf meine Hände stützte, spürte ich, wie mir Tränen über das Gesicht liefen. Es war nicht meine Familie, die jemand zerstört hatte, und dennoch war es mir unerträglich, diese Tragödie mitzuerleben. In was bist du da nur hineingerutscht?, fragte ich mich. Wo sind die Familien geblieben, die zu dir kommen, weil sie ihre Probleme lösen und zusammenbleiben wollten? Ich war mit meinen Gefühlen bereits so weit involviert, dass ich mich selbst betroffen fühlte und kaum noch die nötige Distanz aufbringen konnte. Eigentlich dürfte ich mich von meinen Gefühlen nicht so übermannen lassen, dürfte gar nicht zulassen, selbst so zu trauern. Aber wie sollte ich das schaffen, wo ich doch seit Tagen so intensiv mit Ben und seiner Tochter Kontakt hatte? Wäre ich überhaupt normal, wenn mich das alles unberührt ließe? Wahrscheinlich nicht, entschied ich. Wenn ich mit Ben und der kleinen Hanna fühlte und mich in sie hineinversetzen konnte, dann vermochte ich ihnen womöglich besser zu helfen, als wenn ich Abstand zu dem Geschehen wahren würde. Diese Erkenntnis machte es nicht unbedingt leichter für mich, aber ich hatte jetzt das Gefühl, wenigstens ein bisschen helfen zu können. Helfen. Nicht heilen. Bens und Hannas Schmerz konnte nichts und niemand wirklich heilen. Aber vielleicht vermochte ich einen Teil dazu beizutragen, dass die beiden endlich die Zeit und die Ruhe bekamen, die sie brauchten, um zu trauern. Dann würden sie vielleicht mit der Zeit einen Weg finden, damit zu leben und auch wieder Freude zu empfinden.

Ich wurde aus meinen Gedanken gerissen, als ich das Getrappel kleiner Füße auf der Treppe hörte. Schnell wischte ich mir die Tränen aus dem Gesicht und zog den Reißverschluss der Reisetasche zu.

Hanna stürmte ins Zimmer, aufgeregt und atemlos. »Papa hat gesagt, dass wir zu Linda und Felix in Urlaub fahren.« Sie strahlte über das ganze Gesicht. »Wir besuchen Jonathan!« Sie war außer sich vor Freude.

Ich stand ihrer Begeisterung ein wenig besorgt gegenüber. Sie hatte tatsächlich noch nicht verstanden, dass ihre Mutter gestorben war. Oder sie verdrängte es einfach. Es war eine schwierige Situation, denn irgendwann würde die Wahrheit sie wie ein Schlag treffen. Vorerst ging es aber darum, Hanna und ihren Vater nach Kochel zu bringen, und wahrscheinlich war es gut, dass sie sich darauf freute. Wäre ihr klar, dass sie ihre Mutter nicht mehr wiedersehen würde, dann würde sie sich weigern, das Haus zu verlassen. Insofern konnten wir froh sein. Aber sobald mehr Ruhe eingekehrt war, würde Ben sich darum kümmern müssen, dass sie sich der Realität stellte. Wenn er es zuließ, würde ich ihm dabei helfen.

Ich erklärte Hanna, dass ich ihre Kleider schon gepackt hätte und sie jetzt noch ihre Zahnbürste aus dem Bad holen müsse. Außerdem musste sie noch die Spielsachen heraussuchen, die sie mitnehmen wollte. Bis wir die zahlreichen Bücher mit Märchen und Gutenachtgeschichten, einen kleinen Stoffhasen, eine Kuschelgiraffe und etliche Kleider für die Puppe Isabella verstaut hatten, war eine weitere Tasche voll. Egal, ich wollte in diesem Moment Hanna nicht dazu anhalten, eine Auswahl zu treffen. Ich wusste, dass sie jetzt möglichst viele vertraute Dinge um sich haben sollte, wo ihr Leben doch so schlagartig und grausam verändert worden war. Nur noch die Kuscheltiere und die Puppe waren ihr möglicherweise von ihrem alten Leben geblieben. Nichts würde mehr so sein wie früher.

Kapitel zweiundzwanzig

Ich brachte Hanna und Ben nach Kochel. Linda und Felix Hoffmann nahmen Ben wortlos und betroffen in den Arm. Hanna stand etwas ratlos daneben, was sich aber gab, als ihr Freund Jonathan auftauchte. Sofort verschwanden die beiden in den Garten. Ich erklärte den Hoffmanns die Situation noch einmal genauer. Am Telefon war dafür keine Zeit geblieben. Hanna durfte keinesfalls ohne Aufsicht sein, man musste sie immer im Blick haben, selbst wenn sie nur im Garten spielte. Wir gaben uns keinen Illusionen hin – Reichert und Bergmann würden früher oder später herausfinden, wo sich Ben mit seiner Tochter aufhielt. Aber jetzt waren sie wenigstens nicht allein.

Nachdem ich Johannes' und meine Handynummer hinterlassen hatte, fuhr ich gegen halb zwei wieder nach Tölz. Nun war mir etwas wohler zumute. Bevor ich mich auf den Weg zum Isarkai machte, um hoffentlich Leonore Reichert zu treffen, wollte ich noch rasch eine Kleinigkeit essen. Ich hatte nicht wirklich großen Hunger, wie immer, wenn ich mitten in der Arbeit an einer komplizierten Familiengeschichte steckte. Und das hier war mit Abstand die schlimmste und aussichtsloseste Geschichte meiner Psychologenkarriere. Aber die Erfahrung hatte mich gelehrt, dass ich wenigstens versuchen musste, regelmäßig zu essen, wenn ich konzentriert bleiben wollte.

Ich fuhr zurück ins Polizeipräsidium und schaute nach, ob Johannes da war. Vielleicht konnten wir gemeinsam essen gehen und uns dabei über die neuesten Entwicklungen austauschen. Tatsächlich fand ich ihn an seinem Schreibtisch. Er schien über etwas nachzugrübeln, lächelte aber, als er mich sah.

»Hast du die beiden in Kochel abgeliefert?«

Ich bejahte. »Ich denke, sie sind dort gut aufgehoben. Vor allem ist es von Vorteil, dass die Hoffmanns einen Sohn in Hannas Alter haben. So ist sie ein wenig abgelenkt.« Ich seufzte. »Wobei sie ohnehin noch nicht begriffen hat oder begreifen will, was passiert ist. Wenn der Täter gefasst und etwas Ruhe eingekehrt ist, wird Ben es ihr noch einmal erklären müssen. Sonst besteht die Gefahr, dass Hanna alles verdrängt und diesen Ballast ein Leben lang mit sich herumschleppt. Das würde ihr ganzes Leben beeinträchtigen – noch mehr, als es ohnehin schon ist.«

Johannes, inzwischen aufgestanden, hatte wieder seinen Lieblingsplatz vor dem Fenster eingenommen. Es war mir aufgefallen, dass er immer dort stand, die Hände in den Hosentaschen, wenn er sich Sorgen machte. Ich sollte recht behalten.

»Wir stehen unter Druck und müssen diesen Fall so schnell wie möglich lösen. Das müssen wir sowieso, ja, aber Reichert und Bergmann werden uns noch große Schwierigkeiten machen. Ich glaube mittlerweile, dass sie vor nichts mehr zurückschrecken.«

Ich verstand seine Besorgnis. Auch mir zog sich der Magen zusammen, wenn ich nur an die beiden dachte. »Sind sie denn wirklich vor Bens Haus aufgetaucht?«, wollte ich wissen.

Er nickte langsam. »Und ob. Wie zwei Dampfwalzen haben sie sich benommen. Wie immer eben. Sie sind aus dem Auto gestiegen und dachten anscheinend, die Polizisten müssten ihnen sofort ehrfurchtsvoll aus dem Weg gehen und am besten noch Spalier stehen. So wie sich die Menge teilt, um einem König zu huldigen. Als die Kollegen von der Streife sich weigerten, sie durchzulassen, gab sich Reichert gewohnt arrogant und versuchte Druck auf die Kollegen auszuüben. Bergmann ist sofort ausgerastet. Hat Ben als feigen Hund beschimpft und ihm vorgeworfen, ihm seine Tochter vorzuenthalten.« Er drehte sich zu mir um.

Wir konnten nur hoffen, dass Reichert und Bergmann nicht herausfanden, wo sich Ben und Hanna aufhielten, sonst wären wahrscheinlich auch die Hoffmanns in Gefahr.

»Wenn wir doch nur mehr Anhaltspunkte hätten. Ich würde Reichert und Bergmann die Tat zutrauen – skrupellos genug sind sie beide, und vor allem Bergmann scheint über ausreichend Gewaltpotenzial zu verfügen. Aber andererseits sind Herrschsucht und die Fähigkeit zu morden doch noch einmal unterschiedliche Dinge. Ich kann und will mir das einfach nicht vorstellen. Außerdem haben wir außer ihrem unmöglichen Benehmen nichts gegen sie in der Hand. Nur unser Bauchgefühl. Und das ist einfach nicht genug.«

Ich teilte seine Meinung nicht, aber das verschwieg ich ihm. Johannes war der Polizist – er musste sich an die Fakten halten. Ohne entsprechende Beweise konnte er niemanden festnehmen. Aber für mich als Therapeutin spielte mein Bauchgefühl eine große Rolle. Und es sagte mir, dass wir nicht nur dabei waren, einen Mord aufzudecken, sondern die vielleicht größte Schande, die es unter den Menschen gibt: den Verrat.

Kapitel dreiundzwanzig

Nach einem Mittagessen in einem der zahlreichen Restaurants in der Marktstraße fühlte ich mich gestärkt und sah dem Treffen mit Leonore Reichert mit Spannung entgegen. Ich hoffte nur, dass sie mir bei dem Telefongespräch tatsächlich eine verschlüsselte Botschaft hatte zukommen lassen wollen. Vielleicht hatte ich aber auch einfach zu viel hineininterpretiert? Ich würde es nur herausfinden, wenn ich hinging. Langsam stieg meine Aufregung. Wenn sie wirklich auftauchte, könnte das der Durchbruch sein und der oder die Mörder bald festgenommen werden. Diese Aussicht stimmte mich einerseits froh, andererseits fürchtete ich mich vor dem, was ich eventuell erfahren würde. Was wäre, wenn sich das, was ich vermutete, bestätigte? Ich wollte gar nicht daran denken.

Die Sonne brannte vom Himmel, als ich aus dem Büro ins Freie trat. Obwohl erst Ende Mai, hatte die Temperatur an diesem Tag die Dreißig-Grad-Marke fast erreicht. Ich war froh, dass ich mich am Morgen für ein leichtes Sommerkleid entschieden hatte. Mit meiner Basttasche und dem Sonnenhut hätte man mich gut und gerne für eine Touristin halten können. Mit Johannes hatte ich vereinbart, dass ich mich spätestens um halb fünf bei ihm melden würde. Außerdem würde ich mich mit Leonore Reichert, sollte sie tatsächlich erscheinen, nur an belebten Plätzen im Freien aufhalten – eine reine Sicherheitsmaßnahme.

Ich war dankbar, dass ich nicht wirklich bei der Polizei arbeitete. Die Polizisten, die an einem solchen Tag Uniform tragen mussten, taten mir leid. Aber auch sonst glaubte ich, nicht für den Polizeidienst geschaffen zu sein. Ich bin ein Mensch, der das Happy End braucht. Ich muss noch eine Möglichkeit sehen, eine Sache wieder in Ordnung bringen zu können. Aber bei der Polizeiarbeit – diese Lektion musste ich gerade lernen – ging es oft nur noch um Schadensbegrenzung.

Konnte ich in diesem Fall überhaupt noch Gutes tun? Ich vermochte vielleicht zur Aufklärung eines Mordes beizutragen oder Ben und seiner Tochter zu helfen, einen Weg zu finden, damit zurechtzukommen. Aber Conny zurückbringen, das konnte ich natürlich nicht. Alles andere schien mir in diesem Moment so wenig. Doch jetzt war der falsche Augenblick, um darüber nachzudenken.

Als ich die Ampel an der Isarbrücke überquerte, sah ich sie schon. Leonore Reichert stand tatsächlich am Kiosk und wartete auf mich. Es hätte ein Szenario aus einem Film sein können, und wäre die Situation nicht so traurig und angespannt gewesen, dann hätte ich gelacht. Sie hatte einen Seidenschal um den Kopf geschlungen und trug eine überdimensionale Sonnenbrille. Sie wollte nicht erkannt werden und war dabei doch unglaublich auffällig. Aber es war kaum davon auszugehen, dass sie Erfahrungen mit solchen Situationen hatte – wie also hätte sie es anders machen sollen. Sie stand sehr aufrecht und wirkte wie immer wie aus dem Ei gepellt. Zu dem leichten Sommeranzug in Altrosa trug sie eine cremefarbene Bluse, und ich fragte mich, wie sie es wohl schaffte, bei dieser Hitze so perfekt auszusehen. Zudem konnte ich nicht ein einziges Anzeichen von Schweiß an ihr erkennen. Verblüffend. Ich ging zum Kiosk und kaufte eine Zeitschrift. Als ich mit dem Kioskbesitzer sprach, drehte sie sich langsam zu mir herum. Anscheinend hatte sie meine Stimme erkannt. Ich nickte ihr unmerklich zu und steuerte eine freie Bank an der Isar an. Kurz darauf setzte sie sich neben mich. Sie starrte geradeaus ins Leere. Die vielen Menschen, die vorbeigingen, und die Isar, die an diesem Tag in ihr schönstes Türkis getaucht war, schien sie nicht wahrzunehmen.

»Ich danke Ihnen, dass Sie gekommen sind. Ich habe nicht geglaubt, dass meine Botschaft verständlich war. Er kam gerade ins Zimmer, als wir telefonierten.« Sie machte eine Pause. »Wenn er das hier erfährt, bringt er mich um. Aber wenn ich weiter schweige, werde ich auch daran zugrunde gehen. Es spielt also keine Rolle.«

Ich atmete tief durch. Sie sprach beherrscht, mit ruhiger Stimme. So wie jemand, dem es schwerfällt, der aber weiß, dass er es jetzt hinter sich bringen muss.

»Manchmal ist nicht alles so aussichtslos, wie es scheint. Indem Sie mit mir sprechen, könnten Sie wenigstens Ihre Enkelin schützen. Das wäre schon eine ganze Menge.« Ich ließ meinen Blick über die Isar schweifen und sah, dass sich am gegenüberliegenden Ufer ein paar Hobbymaler niedergelassen hatten, um das schöne Motiv, das sich ihnen bot, auf ihren Aquarellblöcken festzuhalten. Dieser Anblick beruhigte mich etwas. Er hatte etwas von der heilen Welt, nach der wir uns alle sehnen.

»Hanna soll auf jeden Fall bei ihrem Vater bleiben. Ben Jansen meine ich natürlich damit. Das wäre auch Cornelias Wunsch, sonst hätte sie nicht mit ihm zusammengelebt. Es ist das Einzige, was ich noch für meine Tochter tun kann. Zu ihren Lebzeiten war es viel zu wenig. Eigentlich gar nichts. Weil ich Angst vor meinem Mann hatte.« Ihre Beherrschung hatte Risse bekommen. Sie sprach nicht mehr in ganzen Sätzen, sondern eher in Stichworten. Und stockend. Ich sah, dass eine Träne über das makellose Gesicht lief. Es war ein Zeichen von Trauer, aber auch von Leben. Hinter der unbeweglichen Fassade versteckte sich ein Mensch mit Gefühlen, und das machte mich froh.

»Können Sie sich das vorstellen?«, fuhr sie fort. »Weil ich mich vor ihm fürchtete, habe ich mein einziges Kind nicht vor ihm geschützt, sondern zugelassen, dass Cornelia mit der gleichen Angst leben musste wie ich. Leben ist eigentlich das falsche Wort, denn das konnte man wirklich nicht als Leben bezeichnen. Und damit habe auch ich ein Verbrechen an ihr begangen.« Sie schaute an mir vorbei und biss sich auf die Unterlippe. Jeder Muskel in ihrem Gesicht arbeitete. Sie versuchte krampfhaft, nicht zu weinen. »Wir haben nur versucht, uns von Stunde zu Stunde zu retten. Atmen konnten wir nur, wenn er sich nicht zu Hause aufhielt, und selbst dann fürchteten wir uns vor seiner Heimkehr.«

Trotz der Hitze fröstelte es mich. Wie hatte die Frau das so lange ertragen können? Ich fragte sie danach und auch, warum sie ihn nicht verlassen hätte. Connys Mutter lachte freudlos und bitter auf. Sie erzählte mir, dass sie glaubte, es alleine nicht schaffen zu können. Das war typisch für solche Fälle. Er hatte ihr systematisch jedes Selbstvertrauen genommen, sodass sie letztendlich selbst dachte, sie sei ohne ihn nichts wert und könne sich ohne ihn im Leben nicht behaupten. Außerdem, so erzählte sie mir, hätte er sie überall gefunden.

»Er hatte schon immer großen Einfluss, wissen Sie. Und ich mag mir gar nicht vorstellen, was er mit mir gemacht hätte, wenn er mich dann gefunden und nach Hause gebracht hätte. Es war so schon schlimm genug.« Ihre Stimme zitterte jetzt merklich. »Aber ich hätte mich mit meiner Tochter verbünden und trotz allem mit ihr fliehen müssen. Alles wäre besser gewesen als diese Hölle. Doch hinterher ist man immer klüger.« Sie hatte sich ein wenig gefangen, denn sie sprach wieder flüssiger und schien fest dazu entschlossen, sich die Ängste und Demütigungen der letzten dreißig Jahre von der Seele zu reden.

Ich unterbrach sie nicht. Was hätte ich auch sagen sollen?

»Ich sah keine Möglichkeit, ihm zu entkommen. Also hielt ich es für das Beste, mich in mein Schicksal zu ergeben. Und ich hielt es für notwendig, dass Conny dasselbe tat. Also gab ich ihr das Gefühl, das alles sei normal, und erzog sie zu unbedingtem Gehorsam. Ich dachte, dass sie am ehesten durchkäme, wenn sie seinen Zorn nicht erregte und meine Angst nicht bemerkte. Das alles war ein so schlimmer Irrtum.« Sie kaute auf ihrer Unterlippe.

Diese Geste schien mir so fremd an ihr, weil sie nicht zu ihrer sonst üblichen Maskerade passte. Sie schien symbolisch zu sein für den Ausbruch aus ihrem bisherigen Leben, das ihr so viel Schmerz zugefügt hatte.

»Mein Verhalten muss Ihnen seltsam vorkommen. Erst zeige ich mich so unkooperativ, und dann erzähle ich Ihnen meine halbe Lebensgeschichte. Aber Sie müssen den Gesamtzusammenhang kennen, um zu verstehen, was ich Ihnen jetzt erzähle. Ich weiß nicht, was ich danach tun werde, denn zu ihm kann ich nicht zurück, wenn ich erst einmal darüber gesprochen habe. Es ekelt mich schon jetzt so sehr vor ihm. So lange schon. Schon über dreißig Jahre.«

Ich drückte ganz kurz ihre Hand. Sie war kühl und trocken, aber sie zitterte. »Haben Sie keine Angst. Wir kümmern uns um Sie. Und schämen Sie sich nicht dafür, über all das zu sprechen. Sie hätten es schon viel früher tun sollen. Eine solche Last kann niemand ein Leben lang alleine tragen.«

Jetzt sah sie mich an. Hinter ihrer Sonnenbrille flackerten ihre Augen unruhig. »Sie wissen Bescheid?«, fragte sie mich.

»Ich weiß es nicht genau. Zumindest kann ich mir vorstellen, in welche Richtung es gehen wird.«

Sie setzte sich jetzt ganz aufrecht hin und legte die Hände auf die Oberschenkel. Wie ein Schulmädchen kam sie mir vor. »Stefan Bergmann absolvierte sein Referendariat in der Kanzlei meines Mannes. Sie dürften bereits gemerkt haben, die beiden liegen auf einer Wellenlänge. Selbstredend, dass er in der Kanzlei blieb. Mein Mann hielt ihn für den idealen Schwiegersohn. Dass er für Cornelia alles andere als der richtige Ehemann war, spielte dabei natürlich keine Rolle. Er forcierte eine Annährung zwischen den beiden. Er gefiel Cornelia nicht, das spürte ich. Und ich werde es mir nie verzeihen, dass ich nicht mit ihr gesprochen und ihr geholfen habe, sondern es zuließ, dass sie auf die gleiche Hölle zusteuerte wie ich. Sie gingen ein paar Mal miteinander aus. Zuerst weigerte sie sich, aber Bergmann war sehr aufdringlich, wenn auch charmant, zudem setzte mein Mann sie regelrecht unter Druck. Sie gab nur nach, um sich seinen Zorn nicht zuzuziehen, das wusste ich. Bergmann gab sich als der Gentleman, der er nicht war. Lud sie ins Theater ein, führte sie zum Essen aus.

Und dann kam dieser unglückselige Abend, an dem er sie statt ins Restaurant in seine Wohnung führte. Die Einzelheiten erzählte sie mir erst Wochen später. Er gab vor, für sie kochen zu wollen. Es gab auch tatsächlich etwas zu essen, aber vom Delikatessenladen. Bergmann ist nicht so romantisch, dass er etwas für eine Frau kochen würde, sondern rein ergebnisorientiert. Und danach bedrängte er sie. Natürlich hat sie sich gewehrt, aber er war stärker als sie. Sie hatte überhaupt keine Chance.«

Sie sah jetzt auf den Boden und zog mit einem Fuß imaginäre Kreise.

»Vor dem Mord war dieser Tag der schlimmste in meinem Leben. Als sie nach Hause kam, bemerkte ich das Unglück sofort. Aber sie sagte nichts. Sie sah mich nur an. Ihre Augen wirkten so unheimlich groß. Dann drehte sie sich um und ging auf ihr Zimmer. In diesem Moment wusste ich, dass ich sie verloren hatte. Sie war vergewaltigt worden, und sie suchte keine Hilfe bei mir, ihrer Mutter. Und ich konnte sie so gut verstehen. Sie hatte ihr Leben lang keine Hilfe von mir bekommen, warum dann ausgerechnet an diesem Abend? Aber in diesem Moment schien sich bei mir ein Schalter umzulegen. Ich vergaß die Angst vor meinem Mann und betrat sein Arbeitszimmer, ohne anzuklopfen. Er saß hinter seinem Schreibtisch und warf mir einen seiner tadelnden und selbstgefälligen Blicke zu. Bevor er etwas sagen konnte, platzte ich mit dem heraus, was passiert war. Ich war mir sicher, dass er etwas gegen Bergmann unternehmen würde. Nicht wegen Cornelia, da machte ich mir keine Illusionen. Aber um der Familienehre willen. Ich dachte, damit würde ich ihn packen können. Hier sollte ich mich allerdings täuschen. Mit ruhiger und gewohnt kalter Stimme sagte er mir, dass Cornelia ihn mit Sicherheit dazu ermutigt hätte. Außerdem würden die beiden sowieso heiraten, da spielte es doch keine Rolle, ob es nun vorher oder nachher passierte. Dann wandte er sich wieder seinen Papieren zu. Fassungslos blieb ich vor seinem Schreibtisch stehen, bis er mich hinauskomplimentierte. Redete etwas von meiner Unsachlichkeit und Gefühlsduselei.«

Ich konnte mir den Rest fast zusammenreimen. Conny war schwanger geworden und hatte kurz darauf Ben in der Gärtnerei kennengelernt. Was dann folgte, war bekannt. Sie gingen nach Bad Tölz, heirateten und bekamen Hanna, die sie als Bens Kind ausgaben.

Jetzt brauchte ich nur noch herauszufinden, wer den Mord begangen hatte. Ehe ich Leonore Reichert dazu auffordern musste, es mir zu erzählen, wollte sie es offensichtlich selbst zu Ende bringen.

»Für meinen Mann existierte Cornelia als Tochter nicht mehr, nachdem sie weggegangen war. Das hielt ihn aber nicht davon ab, sich von einem Privatdetektiv regelmäßig Berichte über sie schicken zu lassen. Nicht aus Liebe, sondern aus Kontrollwahn. So war er immer über ihr Leben informiert. Und wusste natürlich auch, dass sie ein Kind bekommen hatte. Als seine rechte Hand wusste auch Bergmann davon. Er konnte sich denken, dass das Kind von ihm war. Er sah sich ohnehin schon als den Gehörnten. Obendrein hatte Cornelia ihn mit ihrer Flucht um seinen Status als Ronaldo Reicherts Schwiegersohn gebracht. Dabei konnte er froh sein, dass er nicht im Gefängnis saß.

Jedenfalls kam eines Tages die Information, Cornelia und ihr Mann hätten sehr glücklich eine Frauenarztpraxis verlassen. Sie erwarteten also ein weiteres Kind. Ich war einerseits traurig darüber, nicht an Cornelias Leben teilhaben zu können. Andererseits freute ich mich für sie, dass sie den Weg aus dieser Hölle gefunden hatte. Aber ich schweife ab.« Sie stockte.

Es sah so aus, als müsste sie neue Kraft sammeln, für das, was sie als Nächstes erzählen wollte. Sie tat mir leid. Die

Sonnenbrille hatte sie inzwischen abgenommen, und ich bemerkte ihre geröteten Augen und ihre Haut, die unter dem Make-up sehr blass geworden war. In ihrem Gesicht las ich Kummer, Trauer und Scham. Sie wusste, dass sie einen Fehler gemacht hatte, einen entsetzlichen Fehler, und dass sie ihn nicht wieder würde rückgängig machen können. Das war wahrscheinlich das Schlimmste. Dass sie indirekt für Connys Tod mitverantwortlich war, obwohl sie das alles auf keinen Fall gewollt hatte. Aber manchmal ist Stillhalten genauso schlimm.

Sie wischte sich eine Träne von den Wangen und brachte die traurige Geschichte zu ihrem Ende. »Bergmann hielt sich seitdem fast täglich bei uns auf. Er und mein Mann zogen sich immer sofort ins Arbeitszimmer zurück, sodass ich nie wirklich wusste, worum es ging. Doch ich konnte mir denken, dass ihre ständigen Besprechungen etwas mit Cornelias Kind zu tun hatten und dass sie etwas im Schilde führten. Dann kehrte Ruhe ein. Bergmann kam nicht mehr in unser Haus und Ronaldo erwähnte den Namen unserer Tochter nicht mehr. Dennoch war ich mir sicher, dass er weiterhin Berichte über Cornelia von diesem Detektiv bekam. Aber ich kriegte nie einen davon zu Gesicht. Dabei hätte ich doch so gern gewusst, wie es ihr ging. Ihr und den Kindern.

Ich habe mir daher meinen eigenen Weg gesucht, um etwas über sie zu erfahren. Ich rief zum Beispiel, als Hanna geboren wurde, im Krankenhaus an, um mich nach den beiden zu erkundigen. Direkten Kontakt lehnte sie ab. Meine Briefe kamen ungeöffnet zurück. Auch ein Paket mit Geschenken für Hanna schickte sie postwendend zurück. Sie hatte noch nicht einmal hineingeschaut. Ich kann verstehen, dass sie mir nicht verzeihen konnte. Aber es tat weh. Und ich weiß nicht, wie ich jemals damit fertig werden soll, dass wir uns vor ihrem Tod nicht mehr versöhnt haben. Dass sie in dem Glauben gestorben ist, ich würde sie nicht lieben.«

Leonore Reichert weinte jetzt. Sie schluchzte leise, und durch ihren Körper ging ein Zucken.

»Eines Tages tauchte Bergmann wieder bei uns auf, sehr aufgebracht, wie mir schien. Er wollte unbedingt mit meinem Mann unter vier Augen sprechen, aber er konnte noch nicht einmal warten, bis sie in Ronaldos Büro waren. Es platzte einfach so aus ihm heraus. Er schrie meinen Mann an, schleuderte ihm entgegen, dass Cornelia ein weiteres Kind bekäme. Dann warf er Ronaldo vor, dass er nicht schon längst dafür gesorgt hätte, dass Cornelia das Sorgerecht für Hanna entzogen wurde. Das Wissen, dass seine Tochter von einem anderen Mann aufgezogen wurde, brachte ihn vollends aus der Fassung. Wobei er sich nicht aus Vaterliebe aufregte, nein, es ging vielmehr darum, dass man ihm etwas genommen hatte, was seiner Meinung nach ihm gehörte. Er vertrat die Meinung, nun, da Hanna noch einen Bruder oder eine Schwester bekam, würde kein Richter mehr das Kind aus der Familie reißen.

An diesem Punkt konnte ich nicht mehr an mich halten und mischte mich ein. Ich forderte ihn auf, sofort unser Haus zu verlassen. Außerdem sagte ich ihm auf den Kopf zu, was er meiner Tochter angetan hatte, und drohte ihm, ihn nachträglich anzuzeigen, sollte er sich nicht von unserer Familie fernhalten. Mein Mann brüllte mich daraufhin an, ich solle sofort den Mund halten. Aber in diesem Moment empfand ich keine Furcht vor ihm. Ich warf ihm vor, ebenso schuld an der ganzen Misere zu sein. Weil er Cornelia regelrecht dazu gezwungen hatte, mit diesem

Ekel auszugehen, obwohl sie das nicht gewollt hatte. Dass er Bergmann nicht zur Rechenschaft gezogen hatte, obwohl doch so offensichtlich war, was er unserer Tochter angetan hatte.

Der Schlag traf mich völlig unvorbereitet. Natürlich war es nicht das erste Mal, aber er hatte es noch nie vor anderen Leuten getan. Er musste mich an der Schläfe getroffen haben, jedenfalls wurde um mich herum alles schwarz. Als ich wieder zu mir kam, lag ich in meinem Zimmer im Bett. Im Haus war es still. Unsere Haushaltshilfe kam herein und brachte mir eine Tasse Tee. Ich fragte sie, ob Bergmann noch im Haus sei. Sie verneinte und wollte schon zur Tür hinaus, da drehte sie sich noch einmal um. Sie erzählte mir, dass er sehr aufgebracht gewesen sei und geschrien habe, er würde die Sache jetzt auf seine Weise regeln. Ich dachte dabei an einen Sorgerechtsstreit, aber nicht daran, dass er Cornelia aufsuchen könnte. Und schon gar nicht, dass er sie ermorden würde. Wissen Sie, Unbeherrschtheit und Gewaltbereitschaft, die sind das eine, doch Mord ist etwas ganz anderes.«

Ich konnte ihr nicht zustimmen, denn wer zu einer Vergewaltigung fähig ist, damit eine Frau verletzt und demütigt und ihr die Möglichkeit nimmt, jemals wieder unbeschwert zu leben, der war in meinen Augen auch zu einem Mord fähig. Aber das sagte ich nicht. Stattdessen fragte ich, ob es Bergmann gewesen sei. Sie nickte nur.

»Das Schlimmste daran ist, dass mein Mann gewusst hat, dass es dazu kommen würde, und er hat nichts unternommen. Als die Polizei uns die Nachricht überbrachte, fragte ich nur ganz ruhig, warum er Bergmann so einfach hatte gewähren lassen. Und wissen Sie, was seine Antwort war? ›Er hat versucht, sie zur Vernunft zu bringen. Sie hätte einlenken und zurückkommen können. Aber sie blieb stur, also konnte ihr niemand mehr helfen. Sie hat schon genug Schande über die Familie gebracht.‹ Können Sie sich das vorstellen? Er wusste, dass etwas Schlimmes passieren würde, und hat nichts getan, um es zu verhindern.« Sie schluchzte auf. »Und ich bin auch nicht besser. Er und ich, wir haben Schande über die Familie gebracht. Nicht sie. Weil wir unser Kind nicht behütet haben.«

Es war also ein Ehrenmord. Meine schlimmsten Befürchtungen hatten sich bestätigt.

Wir saßen noch eine Weile auf der Bank und schauten auf die Isar. Es gab nichts mehr zu sagen. Der Fall war gelöst. Aber ich spürte keine Erleichterung. Nur Leere, Traurigkeit und Beklemmung.

Kapitel vierundzwanzig

Als ich Johannes anrief, um ihm Bericht zu erstatten, schwieg er zunächst. Auch Gregor, den ich im Hintergrund gehört hatte, verstummte sofort. Wir vereinbarten, dass sie sich auf die Suche nach Reichert und Bergmann machten, um beide festzunehmen. Ich sollte Leonore Reichert ins Präsidium bringen und dort auf die beiden warten.

Johannes und Gregor erzählten mir später, dass sie die beiden im Hotel angetroffen hätten, wo sie anscheinend gerade dabei waren, nach dem Scheitern des alten Schlachtplans einen neuen zu entwerfen, weil wir Ben und Hanna inzwischen weggebracht hatten. Als sie die beiden hatten festnehmen wollen, war Bergmann ausgerastet. Glücklicherweise waren einige Kollegen als Verstärkung dabei gewesen. Johannes hatte ihm auf den Kopf zugesagt, dass er den Mord nicht nur begangen, sondern sogar geplant hatte, was seine Position bei dem ihm nun bevorstehenden Prozess nicht begünstigen würde. Denn in diesem Fall konnte von einer Affekthandlung keine Rede mehr sein. Er hatte daraufhin völlig die Beherrschung verloren und in einem cholerischen Anfall alles gestanden. Selbst wo sich die Tatwaffe befand, hatte er Johannes mit wutverzerrter Miene mitgeteilt. Die ganze Zeit lag sie in seiner Schreibtischschublade, ohne dass er sich die Mühe gemacht hätte, die Spuren zu verwischen, geschweige denn die Waffe ganz verschwinden zu lassen. Er schien nicht einzusehen, etwas Unrechtes getan zu haben – seiner Meinung nach hatte Conny das Verbrechen begangen, als sie sich von ihm und ihren Eltern losgesagt und mit seinem Kind mit einem anderen Mann hatte leben wollen. Den Grund für Connys Handeln schien er völlig ausgeblendet zu haben. Er war sich keiner Schuld bewusst. Conny war für ihn eine Verräterin, und sein Hass auf Ben dürfte nicht weniger groß sein, denn dieser hatte sich in seinen Augen das genommen, was eigentlich ihm gehörte. Mit dem Mord an Conny und damit auch an dem ungeborenen Kind hatte Bergmann es Ben heimzahlen wollen.

»Damit er weiß, wie es ist, wenn einem alles genommen wird«, hatte Bergmann zu Johannes und Gregor gesagt.

Johannes und Gregor waren fassungslos angesichts dieser verqueren Sicht der Dinge und Bergmanns Unverfrorenheit, diese Meinung auch noch selbstbewusst vor der Polizei zu vertreten.

Reichert, der die ganze Zeit über ruhig geblieben war, musste meine Kollegen zwar zum Präsidium begleiten, aber er hatte nicht allzu viel zu befürchten, jedenfalls nicht vom Gesetz her. Den Mord hatte er nicht begangen und Beihilfe würde man ihm nur schwer nachweisen können. Vielleicht aber wenigstens unterlassene Hilfeleistung. Man würde sehen. Bei einem anderen Menschen hätte ich gesagt, er muss das alles jetzt vor seinem Gewissen verantworten, aber nachdem ich bei Reichert kein Gewissen vermutete, würde ihm auch diese Last erspart bleiben.

Leonore Reichert brachten wir in einem anderen Hotel unter und boten ihr für die kommenden Tage Polizeischutz vor ihrem Mann. Sie würde sich von ihrem Mann trennen und wollte ihn auch wegen der Körperverletzungen anzeigen, die er ihr im Laufe ihrer Ehe zugefügt hatte. Dafür gab es Zeugen. Der Hausarzt hatte oft genug ihre Blutergüsse und Prellungen versorgen müssen. Wenigstens dafür konnte er bestraft werden. Ich bedauerte nur, dass für die seelischen Grausamkeiten, die er seinen Mitmenschen, allen voran seiner Frau und seiner Tochter, zugefügt hatte, kein bestimmtes Strafmaß vorgesehen war. Es hätte mit Sicherheit ausgereicht, ihn für den Rest seines Lebens ins Gefängnis zu bringen.

Abends um sieben Uhr machten Johannes und ich uns auf den Weg nach Kochel. Linda führte uns in den Garten, wo Hanna an Ben gelehnt im Gras saß. Ihr kleiner Körper zuckte heftig. Ben hielt sie fest umschlungen, und sie umklammerte ihn, als wäre sie kurz vor dem Ertrinken. Was sie wahrscheinlich auch war, denn offensichtlich war der Moment gekommen, vor dem wir alle solche Angst gehabt hatten. Sie hatte verstanden, dass ihre Mutter nicht mehr wiederkommen würde. Ben vergrub sein Gesicht in ihrem Haar, und so saßen die beiden eine ganze Weile und weinten – um Conny, um das Baby und um die Zukunft, die ohne Conny keine zu sein schien.

Johannes klärte Linda und Felix im Wohnzimmer über die Ereignisse der letzten Stunden auf. Irgendwann stand Ben auf und trug seine Tochter ins Haus. Als er die Stufen zur Terrasse hinaufging, sah er mich. Er blieb stehen. Ich wusste, jetzt war der falsche Moment für große Worte und Erklärungen. Es zählte nur sein Kind. Deshalb teilte ich ihm nur kurz mit, dass alles vorbei sei. Er sah mich fragend an, die Augen erfüllt von Schmerz.

»Bergmann«, mehr sagte ich nicht.

Er nickte langsam und trug Hanna ins Haus.

Ich blieb noch eine Weile auf der Terrasse stehen, den Blick fest auf den See gerichtet.

Bergmann würde ins Gefängnis kommen, und Ben und Hanna bekamen nun die nötige Ruhe, um zu trauern. Sie würden einen Weg finden, wie sie weitermachen konnten, und sie würden auch wieder Freude empfinden können – irgendwann. Denn sie hatten sich, und das war sehr viel. Ronaldo Reichert würde vielleicht ungeschoren davonkommen, was das Gesetz betraf. Dennoch hatte er alles verloren. Seine Frau verließ ihn und war im Begriff, ihn anzuzeigen. Und sein Ruf, seine vermeintliche Ehre, sein Einfluss – das alles war dahin. Er würde niemandem mehr Angst machen. Keiner würde ihn mehr respektieren. Machtverlust war das Schlimmste, was ihm widerfahren konnte – für ihn schlimmer noch als der Verlust seiner Tochter und seiner Frau. Und das Schlimmste war genau das, was er verdiente.

Der See lag still und friedlich, die untergehende Sonne tauchte alles in einen warmen Goldton und malte bizarre Muster auf das Wasser. Langsam ging ich zurück ins Haus und zog die Terrassentür hinter mir zu.

Epilog

Ein Jahr später, am 18. Mai 2005, ging ein Mann mit seiner kleinen Tochter Hand in Hand über den Waldfriedhof. Vor einem Grab mit einem schlichten Naturstein blieben sie stehen. Auf dem Stein stand mit geschwungener Goldschrift: Cornelia Jansen, 30. Juni 1976 – 18. Mai 2004. Hanna faltete die kleinen Händchen zum Gebet und sprach mit ihrer Mutter. Sie erzählte ihr von der Vorschule, die sie seit Kurzem im Kindergarten besuchte, und von dem Urlaub, in den sie und ihr Vater in Kürze aufbrechen wollten. Es war der erste Urlaub ohne Conny, und Hanna wusste nicht so genau, ob sie sich darauf freuen durfte oder nicht.

Ben betrachtete seine Tochter, dankbar, dass sie ihm geblieben war. Das letzte Jahr war schlimm gewesen, und Vater und Tochter waren mehr als einmal füreinander die gegenseitige Rettung gewesen. Mittlerweile gingen sie nur noch einmal im Monat zu Isabella Sturm, die ihnen dabei half, über Connys Tod hinwegzukommen. Das Sorgerecht würde bei Ben bleiben.

Leonore Reichert hatte ihrem Mann und Frankfurt den Rücken gekehrt und lebte nun zurückgezogen in einem kleinen Haus am Schliersee – sie wollte in der Nähe ihrer Enkelin sein. Sie hatte Ben und Hanna ein paar Mal besucht. Es waren schwierige Besuche gewesen, und es würde ein langer und mühsamer, wenn auch lohnenswerter Weg werden, bis die drei einigermaßen unbefangen miteinander umgehen konnten. Für sie alle ging es aufwärts. Die Trauer wurde nicht weniger, aber sie lernten, damit zu leben.

Gemeinsam legten sie das kleine Herz, das Ben aus Buchszweigen geflochten hatte, auf das Grab, genau zwischen den Rosenstrauch und die Vase mit den orangefarbenen Gerbera.

»Wir haben dich lieb, Mami«, sagte Hanna. »Wird sie auch bei uns sein, wenn wir in Urlaub sind? Das ist so weit weg.«

Ben hob sie hoch und küsste sie auf die Nasenspitze. »Sie wird immer bei uns sein, egal, wohin wir gehen. Sie sieht uns und sie beschützt uns. Du weißt doch, dass sie im Himmel ist, und der Himmel ist wie ein riesiges Tuch über die ganze Welt gespannt.«

Das gefiel Hanna, jetzt konnte sie beruhigt in Urlaub fahren.

Hand in Hand verließen Ben und seine kleine Tochter den Friedhof. Zu Hause warteten zwei Koffer auf sie, randvoll mit Sommerkleidung, Schwimmflügeln und einer Luftmatratze. In zwei Stunden würde sie der Shuttleservice abholen und nach München zum Flughafen bringen. Und dann ging es los – in Richtung Sonne, in Richtung Hoffnung, in Richtung Leben.

Nachwort

Die im Roman erzählte Handlung sowie alle vorkommenden Figuren sind frei erfunden. Eventuelle Namensgleichheiten oder sonstige Ähnlichkeiten sind zufällig. Die Institutionen Polizei und Familienberatungsstelle gibt es tatsächlich in Bad Tölz, jedoch ist die Darstellung ihrer Arbeitsweise rein fiktiv. Fiktiv ist auch der kleine Ort Rekling, wo Ben und Hanna Jansen leben.

Der Wahrheit entsprechend sind die Beschreibungen der schönen Stadt Bad Tölz, wenngleich sich das Polizeipräsidium nur im Roman in der Marktstraße befindet.

Die Ermittlungsarbeit der Polizei findet in meinem Roman ganz bewusst lediglich einen Platz am Rande. Deshalb spielen Dinge wie zum Beispiel Tatwaffe oder Gerichtsmedizin kaum eine Rolle. Vielmehr soll es um den seelischen Zustand der betroffenen Figuren gehen und darum, ob und wie man Kummer dieses Ausmaßes bewältigen kann.

Danksagung

Ein Buch entsteht selten nur durch den, der es schreibt. Vielmehr ist man als Autor/-in stark angewiesen auf die Unterstützung der Menschen aus seinem Lebensumfeld. Diese Unterstützung – nicht nur praktischer, sondern vor allem menschlicher Art – hatte ich.

Ich bedanke mich bei dem Team von Books on Demand für die Hilfestellungen bei der Realisierung des Buchprojektes und die konstruktiven Hinweise zur Verbesserung des Manuskripts.

Nicht vergessen möchte ich meine Eltern und meine Schwestern, die mit einer Ausnahme überhaupt nicht wussten, dass ich ein Buch schreibe, die mich aber in allem, was mir wichtig ist, immer unterstützt und gefördert haben. Ich danke euch dafür und bin glücklich, dass ihr meine Familie seid.

Zuletzt und vor allem danke ich meinem Mann. Nicht nur für die Unterstützung beim Schreiben des Buches und das dazugehörige und oft notwendige Mutmachen, sondern auch dafür, dass er zusammen mit unseren Kindern so viel Freude in mein Leben bringt. Ich liebe dich.